中公文庫

午後三時にビールを

酒場作品集

中央公論新社 編

中央公論新社

午後三時にビールを　目次

酒友のいる風景

行きつけの店

文士の集う場所

午後三時にビールを　酒場作品集

虚無の歌

萩原朔太郎

我れは何物をも喪失せず
また一切を失ひ尽せり。「氷島」

午後の三時。広漠とした広間《ホール》の中で、私はひとり麦酒《ビール》を飲んでた。だれも外に客がなく、物の動く影さへもない。煖炉《ストーブ》は明るく燃え、扉《ドア》の厚い硝子を通して、晩秋の光が侘しく射してた。白いコンクリートの床、所在のない食卓《テーブル》、脚の細い椅子の数数。エビス橋の側《そば》に近く、此所の侘しいビヤホールに来て、私は何を待つてるのだらう？ 恋人でもなく、熱情でもなく、希望でもなく、好運でもない。私はかつて年が若く、一切のものを欲情した。そして今既に老いて疲れ、一切のものを喪失した。私は孤独の椅子を探して、都会の街街を放浪して来た。そして最後に、自分の求めてるものを知つた。一杯の冷たい麦酒と、雲を見てゐる自由の時間！ 昔の日から今日の日まで、私の求めたものはそれだけだつた。

　かつて私は、精神のことを考へてゐた。夢みる一つの意志。モラルの体熱。考へる葦のをののき。無限への思慕。エロスへの切ない祈禱。そして、ああそれが「精神」といふ名で呼ばれた、私の失はれた追憶だつた。かつて私は、肉体のことを考へて居た。物質と細胞とで組織され、食慾し、生殖し、不断にそれの解体を強ひるところの、無機物に対して抗争しながら、悲壮に悩んで生き長らへ、貝のやうに呼吸してゐる悲しい物を。肉体！　ああそれも私に遠く、過去の追憶にならうとしてゐる。私は老い、肉慾することの熱を無くした。墓と、石と、蟾蜍《ひきがへる》とが、地下で私を待つてるのだ。

　ホールの庭には桐の木が生え、落葉が地面に散らばつて居た。その板塀で囲まれた庭の彼方、倉庫の並ぶ空地の前を、黒い人影が通つて行く。空には煤煙が微かに浮び、子供の群集する遠い声が、夢のやうに聞えて来る。広いがらんとした広間《ホール》の隅で、小鳥が時時囀つて居た。ヱビス橋の側に近く、晩秋の日の午後三時。コンクリートの白つぽい床、所在のない食卓《テーブル》、脚の細い椅子の数数。

　ああ神よ！　もう取返す術《すべ》もない。私は一切を失ひ尽した。けれどもただ、ああ何といふ楽しさだらう。私はそれを信じたいのだ。私が生き、そして「有る」ことを信じたいのだ。永久に一つの「無」が、自分に有ることを信じたいのだ。神よ！　それを信ぜしめよ。私の空洞《うつろ》な最後の日に。

今や、かくして私は、過去に何物をも喪失せず、現に何物をも失はなかつた。私は喪心者のやうに空を見ながら、自分の幸福に満足して、今日も昨日も、ひとりで閑雅な麦酒《ビール》を飲んでる。虚無よ！　雲よ！　人生よ！

「虚無の歌」自註

エビス橋のビヤホールは、省線の恵比寿駅に近く、工場区街にあり、常客の大部分が職工や労働者であるため、昼間はいつも閑寂にがらんとしているのである。一頃《ひところ》私はその近所にいたので、毎日のように通って麦酒を飲んだり、人気のない広間の中で、ぼんやり物を考えながら、秋の日の午後を暮していた。

これらの詩篇で、私は相当に言葉の音律節奏に留意した。ボードレエルのいう「韻律を踏まないで、しかも音楽的節奏を感銘づける文学」に、多少或る程度まで近づけようと努力した。しかし抒情詩とちがって、理智的な思想要素が多い散文詩では、本来そうした哲学性に欠乏している日本語が、ほとんど本質的に不適当である。日本語で少しく思想的な詩を書こうとすると、必然的に無味乾燥な観念論文になってしまう。でなければ全く音楽節奏のない印象散文になってしまう。日本語を用いる限り、ボードレエルの芸術的散文詩は真似ができない。

しかし私は特異な文体を工夫して、不満足ながら多少の韻文性——すくなくとも普通の散文に比して、幾分かの音楽的抑揚のある文章——を書いて見た。それがこの書中の「虚無の歌」「臥床の中で」「海」「墓」「郵便局」「パノラマ館にて」等の数篇である。厳重にいえば、これらの若干の物だけが「散文詩」であり、他は未だ「詩」というべきものでないかもしれない。

萩原朔太郎（はぎわら・さくたろう）　一八八六～一九四二　詩人

酒友のいる風景

はせ川

井伏鱒二

　この店のことについては最早や水上瀧太郎氏の随筆によく全貌が現われていて、私の説明するまでもない。主人は昨年なくなったが以前の通りに店をかまえ、お客の顔ぶれも以前とあまり変りないように見える。「作品社」の毎月の例会もこの店の二階で開き、その会が終って階下の土間に降りてみると、欠席したとばかり思っていた河上徹太郎が独り土間で酒をのんでいるというようなこともある。すると林芙美子女史が女流飛行家をつれどかどかはいって来て、たぶん鯛茶の御飯でも食べに来たのだろうと見ていると、お酒をくださいと注文することもある。

　夕方この店に行くと、窓の下のどぶは干汐であるのに川霧がおりていることもある。あげ汐のときには武骨な川船が通りすぎ、それを真上から見ると川船の世帯はまる見えである。舳《へさき》のところに七輪を置いて大鍋をかけ、船頭のおかみさんはその鍋に食塩を一つまみ入れるという場面がある。絵で見る昔ながらの貧相な光景で、その日の気持次第ではあたりの新式な橋梁や走る自動車と対照して社会学概論めいたことを思い耽るきっかけにもなる。はじめ私がこの店を知ったのは永井龍男の先導によるのであって、きっと永井もはじめ文藝春秋社の人の先導でこの店を知ったのだろう。今でもよくここで見かけるのは文藝春秋社の人たちで、なかんずく桔梗君をいちばんよく見かける。彼はむっつり黙ってしきりにビールを飲み、その習慣のためか大いに肥っている。私もこのごろもてあますほど肥って来たが私よりもまだ肥っている。この前、桔梗君が甲府の聯隊に一年志願で入営することになったとき、阿佐ヶ谷で桔梗君送別の盛大な宴が催された。桔梗君は頭の毛を五分刈りにして、ひどく改まった身なりをしていたようである。みんな手に手に玩具の日の丸の旗を持ち、桔梗君をとりまいて蛍の光り窓の雪という送別の歌をうたい、万歳を三唱して桔梗君を送った。ところがその翌々日、私は市ヶ谷駅の近くで桔梗君の乗っているバスが走って行くのを見た。入営して二日目だというのに昼ひなか、東京にいる筈はないだろう。しかし後になってから噂にきくと、あまり肥っているのでお前の着る軍服はないから東京へ帰れと聯隊の人が云ったということである。嘘かまことかそういう冗談みたいなことが云われているくらい豊満な肉体である。彼は鍋類が好きなのか或いは料理が煮えるのを落ちついて待っているのが好きなのか、私の見かけるところによると必ず鍋の料理をとっている。そして料理の煮えて来るのをじっと見つめながら目を伏せている有様は年齢よりも老けているように見える。もう家庭では愛児は眠ったであろうかと考えているのかもしれない。

桔梗君とは反対に、痩せていてきびきび伝法に飲むのは永井龍男である。酔った後たいてい彼はお雑炊を注文して、さらさらとそれを喫する。彼が結婚して間もなく彼に街で会ったとき、君は佳人を得て以来このごろ銀座の散歩をしないだろうと私が面白半分にたずねると、酒を止したのかとなぜはっきり云わないんだと逆襲して来たことがある。

先日、はせ川で会ったときにも彼は小林秀雄と大岡昇平と三人で飲んでいたが、結婚してからというもの彼はすこし大人らしくなったようである。彼の説によると私なども鎌倉へ引越して勉強しなくてはいけないというのであって、また小林も鎌倉はぽかぽか暖くて仕事をするにいいという。私は移転したくても思うようにならないのである。そのひがみかもしれないが、彼等が鎌倉を讃美するのは酒をのみながら鎌倉のたのしい家庭のことを思い出しているのかもしれないと考える。鎌倉に住むと、見る夢ものんびりとして大塔宮や頼朝の夢を見るそうである。

しかし年の若い人は、その日の調子で飲みかたが変って来る。たとえば昨日この小料理屋に来た大岡昇平はふさいでいたかと思うと、一昨日ここに来たときの彼は活潑であったりすることもある。それは一昨日の夜、彼が月給を費いはたしたという理由ばかりでなく、給仕をしてくれる相手によって彼はむっつりしているからである。先日の大岡はひどく消気《しょげ》こんで、新聞記者の勤めは止そうかと思うと云っていた。すると小林が、お前もまだ書けるかもしれないから書くならいまだと手痛いことを云っていた。ひどいことを云やあがると大岡は驚いたが、当日の大岡昇平は甚だ気勢があがらなかった。いったい大岡は、はせ川にかぎらず他の酒場でも、美人の女中または女給がそばにいないと目立って消気て来る。その肖像をざっと見ている河上徹太郎など莨《たばこ》をすい酒をのむばかりで何等の芸もなく、この河上という男はどうしてこんなに不器用なのだろうと呆れるよりほかはない。そうするとその場へ中島健蔵や佐藤正彰がやって来れば、われわれは救われるだろう。「おやケンチが来た。セイバンもいっしょか」という工合いに席をゆずり、中島は酔って来ると特別おしゃべりになるという作用によってよくしゃべる。先ずチョッキのボタンをはずし、文学談を一席のべるのである。佐藤正彰は誰も知らないような化学界また数学界のことについて必ず珍談を持ちあわし、それを身ぶり手真似で決河の勢いでしゃべりだす。セイバンの野郎またはじめやがったと思っていても、どうしてもとうとう笑わなくてはならないことになってしまう。セイバンというのは正彰の略称で、その顔の表情といい髪のばさばさしている様子といい、台湾の生蕃を感じさせるためにそういう称呼を得たのだろう。人ずれのしていない女給など、まんまとだまされて彼のことを実際の生蕃だと信じているのがある。或いはそう信じているように見せることが愛嬌だと思っているのかもしれない。セイバンは口から出まかせを述べ立てて、おい俺はしかし生蕃といっても熟蕃の方だ。どうして俺のことが生蕃だとみんなにわかったかというに、俺は生蕃であることを秘密にしていたんだがとうとうばれちまった。学生のとき台湾から小包で送って来ていた月謝を或るとき銀行へとりかえてもらいに出かけたところ、同じクラスの男に見つかったんだ。蕃人の貨幣というのは阿里山から出る白い石ころなんだ。内地ではそれを銀行でとりかえてもらわなくてはいけない。銀行の出納係りはこちらの気持を察していつも窓口でこっそり引換えていてくれたんだがね。悪いときには悪いもので、その石を一つとり落したところを同じクラスの男に見つかってしまったんだ。彼はそういう不甲斐ない創作をしゃべり出すのである。

井伏鱒二（いぶせ・ますじ）一八九八〜一九九三　作家

中原中也の酒

大岡昇平

僕が中原にはじめて会ったのは、昭和三年の二月か三月だから、三十年以上前になる。僕は成城高校の二年の三学期、今の勘定で行くと、十八歳の終り頃、中原は二十歳の終りだった。

二人共もう酒を飲みはじめていたが、中原は酒はまあ味噌っかすに近かった。一合ぐらいで、あの小さな体にアルコールが行きわたって来るのが、透けて見えるような工合だった。色はまあ白い方だし、薄い皮膚がすぐ桜色に染まって行く、と書くとひどくいい男みたいな描写になるが、眼はとっくに据わってるし、口から悪口雑言が出はじめているので、全然女にもてる酒じゃなかった。

こっちはなるべく逆らわないようにしてながら、飲むほかはない。おでん屋なら、となりのテーブルの見も知らぬ強そうなのに、喧嘩を吹っかけないように、気を配っていなければならないので、結局安原喜弘のような大人しい献身的な男でなければ、交際《つきあ》い切れたものではなかった。

当時僕たちには、小林秀雄、青山二郎、永井龍男なんて先輩があり、みんな酒が強い盛りで、議論で徹夜するのも始終だったが、そんな時、中原は一番先にわけがわからなくなってしまうので、始末に困る男だった。自然わめいてる中原を撒《ま》いて、いつかほかで飲み直すことになり勝ちである。

中原はのけ者にされたように、思い、神経衰弱になったりしたが、考えてみると、それもこれも万事酒のなせるわざかも知れないのである。

表面の中原は彼自身の生活する通りのおとなしい男で、おかずにミツバのおしたしだけでたくさん、と言ったたちの男だった。二人きりでいれば、決して喧嘩にはならない。ところがこれに酒が入ると、誰それのとこへ行こうということになり、酒が進むと、僕を味方にその誰それさんに突っかかったり、或いは誰それさんの手前、僕をののしるという工合になるのである。

詩は夜中に気が向いた時、書くんで、あとはひまを持て余しているのである。彼はごく若い時、この世界のいわば絶対ともいうべきものを見てしまった奴で、考えは死ぬまでかわるはずはなかった。

彼の歌はその絶対的なものが、世に容れられないなげきであり、またつまらぬ気苦労をしないですんだむかしへの郷愁でもあった。

酒はたしかにわれわれとの交際上飲んでいたにちがいない。もっともそう言えば、僕だって同じことかもしれないので、酒は大人の世界に入る儀式みたいなものだった。

少しあとで飲み出した河上徹太郎と、まだ出雲橋の下に水が流れ、船虫がはい上がって来た頃の「はせ川」で、夕方四時頃から飲みはじめ、川向うの家の窓で、干した洗濯物にあたった陽が、だんだんうすれて来るのを眺めながら、

「酒を飲むと、世の中がきれいに見えて来るなあ」

なんて、幼稚なことを云ってた記憶がある。こういうのんびりした経験は中原にはない。

御機嫌のいい時で、

おお、いにし春よ

　百鳥の、うた声、去り

なんて、マスネーのエレジーを、薄ぎたない百軒店のバーで、顔をひんまげて怒鳴ってる中原である。

あとは、ことごとく、これ従順である。僕もあまりいい酒ではなく、年に二、三回はわからなくなることがあり、そういう時はきまって誰かとなぐり合いをやっていた。それがなくなったのは、戦争から帰ってからである。

それにしても河上徹太郎と吉田健一は、いつまでもよく飲んでいる。はじめたのは、僕より四、五年あとだろうが、こっちはとっくに十両へ陥落しちゃってるのに、依然三役を張ってるのはえらい。不思議である。

　中原は生きてても、もはや幕下であろう。幕内にがんばってたら、酒に命を取られちゃってる。

大岡昇平（おおおか・しょうへい）　一九〇九〜八八　作家

青春時代

森　敦

「檀一雄です」そう言えば当然知ってもらっているはずだというように、檀一雄は颯爽とぼくのいた世田谷の北沢の家に現れた。毎日新聞でぼくの「酩酊船《よいどれぶね》」を読んだというのだが、ぼくのほうでもこれがあの檀一雄かと思った。というのは、檀一雄（ではなく、その一味徒党であったかもしれぬ）が『新人』という同人雑誌を出し、「此家の性格」という小説を書いた。

それ自体はなんてこともないのだが、新人現るといった歌い文句をつけて、朝日新聞に三段六ツ割の広告を出した。それが文学青年の度胆を抜き、当時文学の神さまとまでいわれた横光さん（利一）からまで、「きみは檀一雄を知っていますか」と訊かれた。ぼくもそんなことを、やりだしかねないところがあると見られているのだな。

そう思っておかしかったが、いざ訪ねて来た檀一雄を見ると、上背があり、仕立ておろしの紺絣《こんがすり》を着、悪びれたところがすこしもない。といえば、驕っていたように受けとられるかもしれないが、そんな様子はまったくない。

ぼくの母はたちまち気に入って、茶菓のもてなしをするばかりか、自分も話に加わろうとする。ぼくにはいささか迷惑でないこともなかったが、大いに談ずるうち、この新来の客檀一雄が途方もない計画を立てていることがわかって来た。『鷭』という季刊雑誌を出すから、同人になってくれというのである。しかし、同人雑誌がみなそうしているように、互いに金を出しあってつくるのではない。金は幸い東京に叔母さんがいる。そのひとから四千円出してもらって、資金にするという。

四千円は当時としては驚くべき大金だが、檀一雄はさも愉快げに笑い、すでに女性の編集者も傭ってあり、雑誌ができればむろん新聞広告もし、原稿料もだんだん出すようにする。それにはなんとしても秀才を集めねばならぬが、幸いここにすばらしいのがいると言い、『海豹』という同人雑誌を置いて行った。ぼくはこの青年は、文壇に打って出ようとしているのではなく、文壇をつくろうとしているのだと思った。壮大な夢は、とかく反撥が感じられるものだが、檀一雄にはそんな反撥を感じさせない、爽やかな風のようなものがあった。

『海豹』には太宰治が「思い出」という小説を書いていた。作品自体なんということもないのだが、筆の滑りのよさにはすでに尋常でないものがあった。檀一雄がすばらしいのがいると言ったのは、このことかと思っていると、果たしてここに秀才ありとかなんとか言って、太宰治を連れて来た。

一見して、太宰治は檀一雄とは正反対な性格の持ち主のように思われたが、背恰好もおなじようなら、まったくおなじ仕立ておろしの紺絣を着ている。そういえば、ぼくもおなじような背恰好で、仕立ておろしの紺絣を着ていることにふと気がついた。気づいてみると、縞までがみなおなじ亀甲型なのである。これが絣三人組と呼ばれて、文壇に悪名を流すことになるのだが、三人はいずれも自分が、悪名の原因になっているとは思わず、だれかがしでかしたことに巻き込まれて、そうなったのだと思っていた。

檀一雄はぼくとおないどし、太宰治はぼくらより三つとし上で、ぼくは旧制一高中退。檀一雄は東大経済学部、太宰治はおなじく仏文科に在学していると言っていたが、ぼくはそんなことはどうでもいいと思っていたというより、てんで信じていなかった。

しかし、いやでも太宰治がほんとうに東大仏文科に籍を置いていたことを、知らねばならぬことが起こった。ある日、突然檀一雄が北沢のぼくの家にやって来て、太宰治が大学を退学させられそうになっているという。ぼくは一高を中退してしまっているので、大学のことはよく知らないが、なんでも三年間ないし六年間で、なん十科目かの単位を、取らねばならぬらしい。

太宰治はその六年間がもはや切れようとしているのに、ほとんど単位を取っていない。辰野さん（隆）にねじ込んでみたがなんともならず、退学させられること必至である。幸い、中村地平が都新聞にいる。これに頼んで太宰治が都新聞に入社したことにして、お祝いの手紙を親もとの津軽の津島家に出してもらう。ついてはきみも一筆書いてくれぬかと、檀一雄がぼくに言うのである。まさに義を見てせざるは勇なきなりで、檀一雄の面目躍如たるものがある。さては太宰治の東大仏文科はほんとうだったのか。してみると、檀一雄の東大経済学部というのもほんとうかもしれん。そう思いながらひとり笑いをおさえて、ぼくも喜んで津島家に端書を出した。しかし、一足先に大学から通知が行っていたらしく、檀一雄の活躍も水泡に帰し、ぼくたちも赤恥を掻《か》くような結果になった。

ところが、檀一雄もみずから東大経済学部の学生であることを証明しようとしたのか、東大の制服制帽姿で北沢のぼくの家に来た。いま東大を卒業したというのである。いま入学したというならともかく、卒業したにしては制服制帽がいま買って来たように真新しい。かえって怪しく思われたが、檀一雄はいままで質屋に入れていたんだと笑う。それにしても太宰治の例もあり、東大も経済学部を、よくまともに卒業できたなと感嘆すると、檀一雄は森さんと友だちになって、ひとりでもまともに卒業できた者がいますかと言って笑った。まともに卒業しないで卒業したとは、どんな卒業をしたのか。しかし、それはつい聞かずにしまった。

檀一雄の制服制帽姿は、そのとき一度見たきりで、あとはいつもの紺絣になった。また質屋に入れてしまったのかもしれない。絣三人組とはいいながら、いつ連れ立って遊びに出ても、檀一雄は決してひとには金を払わさなかった。しかも、その金づかいが荒いのである。後に永井荷風によって濹東と呼ばれるようになった、玉の井に行ったときなどは驚いた。

いたるところに掲げられた「抜けられます」という照明広告を上に見て、迷宮のような路地を行くと、櫛比《しっぴ》した薄汚い家の二階から、「檀さあん」と女の声が掛かった。すると、それの真似したのかどうかしらないが、あちらからもこちらからも、「檀さあん」「檀さあん」と女の声が掛かった。

まるで凱旋将軍のようだが、無事でいられるはずがない。本郷の石田病院に入院したというので、見舞いに行った。行って驚いたというより感服した。こうした種類の病院ではみな卑下して、看護婦を呼ぶにもか細い声を上げる。しかし、檀一雄は違っていた。「我はもや親が賜《た》びにしきんたまを大入道とうちはらしたり」と大書した紙を壁に貼り、揚々としてここでも「檀さん」「檀さん」と看護婦たちにもてているのである。

当時のことを振り返って、檀一雄は「シュトゥルム・ウント・ドラング」（疾風怒濤）の時代と書いている。「シュトゥルム・ウント・ドラング」とは、十八世紀後半、ドイツに起こった若きゲーテを中心とする文学運動だが、ぼくたち絣三人組の行動は、文字通り疾風怒濤だった。金がなくなれば、だれかれとなく文壇知名の士を襲って借りた。借りればたちまち使ってしまって、むろん返さないのである。

なにしろ不景気な時代で、勤めようにも勤め口などほとんどない。ある大学のごときは千人近い卒業生を出しながら、僅か三人しか就職できなかったという。一人は抜群にできた学生で地方の学校に、一人は社長の息子で親父の会社に、一人は学業をてんでサボッていて、ダンスばかりしていたが、これがフロリダの教師に、就職したなどという笑い話もあったぐらいだ。

しかし、そこはよくしたもので、仲間三人のうち、一人が就職すれば、残りの二人はその一人にタカって、なんとかやっていけた。まして文壇知名の士ともなると、寄って来る文学青年に、いくばくかの小遣いをやるのが当然、また文学青年のほうでも、貰ってなんの恥じるところがなかった。

横光さん（利一）のお宅はぼくとおなじ北沢にあったので、可愛がられるままによく伺い、毎夜のように銀座に連れて行ってもらい、ご馳走になった。その横光さんがぼくをおなじ仲間と見て、檀一雄のことを訊いたぐらいだから、ほんとに仲間になって、これを引き合わせないはずはない。

横光さんも檀一雄の颯爽たる感じに、ひと目で気に入ったらしい。引き合わせて帰るとき、横光さんは玄関まで送って来、片袖に手を入れて、懐からさッと二枚ほど、十円紙幣を取りだしてぼくにくれた。横光さんは昼近くに起き、昼からは訪ねて来る文学青年を、二階の書斎に上げて歓談する。ひとりで訪ねたときは、みなが帰ってしまうまで引き留めて、銀座に連れて行ってくれる。しかし、連れがあると、決して引き留めずこのように金をくれる。きみたちはきみたち同士これで遊びたまえ、そのほうが愉快だろうといった心やりである。

ぼくにはその心やりが嬉しかった。嬉しかったというより愉快だった。横光さんがどんなにかぼくに、目を掛けてくれているかを、見せることができるように思えたからである。五十銭もあれば、煙草を買い、喫茶店にはいって大いに談ずることができた。五円もあればカフェにはいって、女給たちにチップをやって喜ばせ、飲むだけ飲んで、酔うこともできたのだ。それが二十円ともなると、どれだけ遊べたか想像がつくだろう。

そんな日の翌日、横光さんを訪ねると、笑いながら、もうあれはなくなってしまいましたかと訊く。むろん、まだあろうなどとは思っていないのである。横光さんは毎夜のように、銀座に出るといったが、資生堂の喫茶部に行ったり、風月堂にはいったり、名物料理を食べたりするだけでいわゆる遊ぶほうではなかった。しかし、青年たちが思い切って遊ぶのを想像するのは楽しかったらしい。

　太宰治は津軽の名家の出だったから仕送りを受け、さして金には不自由しなかったろうが、檀一雄と三人で遊ぶとき、いつも金を出すなり、借りるなりするのは檀一雄で、太宰治ではなかった。その太宰治が檀一雄を熱海に連れだしたという。連れだすからには太宰治がオゴるつもりだったのだろうが、さんざん遊んで、金を使い果たしてしまった。その後始末をするために、太宰治は檀一雄をひとり熱海に残して、東京に帰った。

　しかし、いくら待っても太宰治は戻って来ない。しびれを切らした檀一雄が、宿に渡りをつけて東京に帰り、心あたりを探したが、家にはむろんどこにも太宰治は見あたらない。ふと思いあたって、井伏さん（鱒二）のお宅を訪ねてみた。井伏さんは太宰治が師とする人である。果たして太宰治はそこにいて、井伏さんと将棋を指していた。

　さすがに檀一雄も腹に据えかねたのであろう。ぼくの家に来て、「太宰の奴、なにもなかったような顔をして、『お手は』などと言っていた」と憤慨したが、ぼくはそのときの太宰治の顔が目に見えるように思えた。太宰治は金を借りるために、八方奔走した。しかし、いずれもうまくいかず、思いあまって井伏さんを訪ねたものの、恥ずかしくって言いだせずにいたに違いない。

ところが、驚いたことに太宰治はこれを「走れメロス」という小説に書いた。「走れメロス」はシルレルの作品を受けてつくられたもので、メロスが山川を馳けに馳けて、親友のために約束を果たすという物語である。教科書にもよく採用されている。太宰自身がメロスと思われがちだが、実は檀一雄である。そのときの檀一雄からメロスが発想されたに違いない。

新宿日活館の地階に、「モナミ」という大きな喫茶店があった。喫茶店といっても酒も飲ませれば料理も出すのである。ぼくは檀一雄をそこに誘った。むろん、その憤慨をなだめるつもりもあり、金はぼくが出そうと思っていたが、檀一雄はテーブルにつくなり、広いホールに満ち溢れた大勢の客を見渡して、ボーイを呼びメニューを持って来させた。そして、このメニューにあるものを全部持って来いと命じた。

全部持って来られたんでは、ぼくが出そうにも出しようがない。仕方がない。こうなったからには、檀一雄にまかすことだ。大いに飲み、大いに食いするうちに気焔が上がり、いよいよ発刊しようという、『鷭』の話などするうちには、憤慨も忘れてしまったように太宰治の才能を称えはじめた。『鷭』は着々として進行しつつある。古谷さん（綱武）がすでに編集を引き受けてくれた。尾崎さん（一雄）も書いてくれるという。きみもむろん書いてくれるだろう。太宰治はこれによって必ず文壇に出る。もはや成功を収めたようなものだが、もし秀才を知っているようなら、紹介してくれたまえなどと言って夜を過ごし、揚げ句の果ては遊廓に繰り込んだ。

翌朝、朝早くからやっている喫茶店に二人ではいると「ブレック・ファースト」と朝食を注文した。みょうに顔の肌が荒れて、荒涼としたものが感じられた。ひょっとすると昨夜から遊び、いままた払おうとしているこの金は、檀一雄が熱海の宿のために集めて来たものではなかろうか。それをしも使わずにいられない檀一雄の生きざまを思って、ぼくは寒々としたものを感じないではいられなかった。（抄録）

森敦（もり・あつし）一九一二～八九　作家

酒の追憶

太宰 治

酒の追憶とは言っても、酒が追憶するという意味ではない。酒についての追憶、もしくは、酒についての追憶ならびに、その追憶を中心にしたもろもろの過去の私の生活形態についての追憶、とでもいったような意味なのであるが、それでは、題名として長すぎるし、また、ことさらに奇をてらったキザなもののような感じの題名になることをおそれて、かりに「酒の追憶」として置いたまでの事である。

私はさいきん、少しからだの調子を悪くして、神妙にしばらく酒から遠ざかっていたのであるが、ふと、それも馬鹿らしくなって、家の者に言いつけ、お酒をお燗させ、小さい盃でチビチビ二合くらい飲んでみた。そうして私は、実に非常なる感慨にふけった。

お酒は、それは、お燗して、小さい盃でチビチビ飲むものにきまっている。当り前の事である。私が日本酒を飲むようになったのは、高等学校時代からであったが、どうも日本酒はからくて臭くて、小さい盃でチビチビ飲むのにさえ大いなる難儀を覚え、キュラソオ、ペパミント、ポオトワインなどのグラスを気取った手つきで口もとへ持って行って、少しくなめるという種族の男で、そうして日本酒のお銚子を並べて騒いでいる生徒たちに、嫌悪と侮蔑と恐怖を感じていたものであった。いや、本当の話である。

けれども、やがて私も、日本酒を飲む事に馴れたが、しかし、それは芸者遊びなどしている時に、芸者にあなどられたくない一心から、にがいにがいと思いつつ、チビチビやって、そうして必ず、すっくと立って、風の如く御不浄に走り行き、涙を流して吐いて、とにかく、必ず呻《うめ》いて吐いて、それから芸者に柿などむいてもらって、真《まっ》蒼《さお》な顔をして食べて、そのうちにだんだん日本酒にも馴れた、という甚だ情無い苦行の末の結実なのであった。

小さい盃で、チビチビ飲んでも、既にかくの如き過激の有様である。いわんや、コップ酒、ひや酒、ビイルとチャンポンなどに到っては、それはほとんど戦慄の自殺行為と全く同一である、と私は思い込んでいたのである。

いったい昔は、独酌でさえあまり上品なものではなかったのである。必ずいちいち、お酌をさせたものなのである。酒は独酌に限りますなあ、なんて言う男は、既に少し荒《すさ》んだ野卑な人物と見なされたものである。小さい盃の中の酒を、一息にぐいと飲みほしても、周囲の人たちが眼を見はったもので、まして独酌で二三杯、ぐいぐいつづけて飲みほそうものなら、まずこれはヤケクソの酒乱と見なされ、社交界から追放の憂目に遭ったものである。

あんな小さい盃で二、三杯でも、もはやそのような騒ぎなのだから、コップ酒、茶碗酒などに到っては、まさしく新聞だねの大事件であったようである。これは新派の芝居のクライマックスによく利用せられていて、

「ねえさん！　飲ませて！　たのむわ！」

と、色男とわかれた若い芸者は、お酒のはいっているお茶碗を持って身悶えする。ねえさん芸者そうはさせじと、その茶碗を取り上げようと、これまた身悶えして、

「わかる、小梅さん、気持はわかる、だけど駄目。茶碗酒の荒事《あらごと》なんて、あなた、私を殺してからお飲み。」

そうして二人は、相擁《あいよう》して泣くのである。そうしてその狂言では、このへんが一ばん手に汗を握らせる、戦慄と興奮の場面になっているのである。

これが、ひや酒となると、尚いっそう凄惨な場面になるのである。うなだれている番頭は、顔を挙げ、お内儀のほうに少しく膝をすすめて、声ひそめ、

「申し上げてもよろしゅうございますか。」

と言う。何やら意を決したもののようである。

「ああ、いいとも。何でも言っておくれ。どうせ私は、あれの事には、呆れはてているのだから。」

若旦那の不行跡に就《つ》いて、その母と、その店の番頭が心配している場面のようである。

「それならば申し上げます。驚きなすってはいけませんよ。」

「だいじょうぶだってば！」

「あの、若旦那は、深夜台所へ忍び込み、あの、ひやざけ、……」と言いも終らず番頭、がっぱと泣き伏し、お内儀、

「げえっ！」とのけぞる。木枯しの擬音。

ほとんど、ひや酒は、陰惨きわまる犯罪とせられていたわけである。いわんや、焼酎など、怪談以外には出て来ない。

変れば変る世の中である。

私がはじめて、ひや酒を飲んだのは、いや、飲まされたのは、評論家古谷綱武君の宅に於てである。いや、その前にも飲んだ事があるのかも知れないが、その時の記憶がイヤに鮮明である。その頃、私は二十五歳であったと思うが、古谷君たちの「海豹」という同人雑誌に参加し、古谷君の宅がその雑誌の事務所という事になっていたので、私もしばしば遊びに行き、古谷君の文学論を聞きながら、古谷君の酒を飲んだ。

その頃の古谷君は、機嫌のいい時は馬鹿にいいが、悪い時はまたひどかった。たしか早春の夜と記憶するが、私が古谷君の宅へ遊びに行ったら古谷君は、

「君、酒を飲むんだろう？」

と、さげすむような口調で言ったので、私も、むっとした。なにも私のほうだけが、いつもごちそうのなりっ放しになっているわけではない。

「そんな言いかたをするなよ。」

私は無理に笑ってそう言った。

すると古谷君も、少し笑って、

「しかし、飲むんだろう？」

「飲んでもいい。」

「飲んでもいい、じゃない。飲みたいんだろう？」

古谷君には、その頃、ちょっとしつっこいところがあった。私は帰ろうかと思った。

「おうい。」と、古谷君は細君を呼んで、「台所にまだ五ん合くらいお酒が残っているだろう。持って来なさい。瓶のままでいい。」

私はも少し、いようかと思った。酒の誘惑はおそろしいものである。細君が、お酒の「五ん合」くらいはいっている一升瓶を持って来た。

「お燗をつけなくていいんですか？」

「かまわないだろう。その茶呑茶碗にでも、ついでやりなさい。」

古谷君は、ひどく傲然《ごうぜん》たるものである。

私も向っ腹が立っていたので、黙ってぐいと飲んだ。私の記憶する限りに於ては、これが私の生れてはじめての、ひや酒を飲んだ経験であった。

古谷君は懐《ふところ》手《で》して、私の飲むのをじろじろ見て、そうして私の着物の品評をはじめた。

「相変らず、いい下着を着ているな。しかし君は、わざと下着の見えるような着附けをしているけれども、それは邪道だぜ。」

その下着は、故郷のお婆さんのおさがりだった。私は、いよいよ面白くない気持で、なおもがぶがぶ、生れてはじめてのひや酒を手酌で飲んだ。一向に酔わない。

「ひや酒ってのは、これや、水みたいなものじゃないか。ちっとも何とも無い。」

「そうかね。いまに酔うさ。」

たちまち、五ん合飲んでしまった。

「帰ろう。」

「そうか。送らないぜ。」

私はひとり、古谷君の宅を出た。私は夜道を歩いて、ひどく悲しくなり、小さい声で、

　わたしゃ

　売られて行くわいな

というお軽の唄をうたった。

突如、実にまったく突如、酔いが発した。ひや酒は、たしかに、水では無かった。ひどく酔って、たちまち、私の頭上から巨大の竜巻が舞い上り、私の足は宙に浮き、ふわりふわりと雲霧の中を搔きわけて進むというあんばいで、そのうちに転倒し、

　わたしゃ
　売られて行くわいな

と小声で呟き、起き上って、また転倒し、世界が自分を中心に目にもとまらぬ速さで回転し、

　わたしゃ
　売られて行くわいな

その蚊の鳴くが如き、あわれにかぼそいわが歌声だけが、はるか雲煙のかなたから聞えて来るような気持で、

　わたしゃ
　売られて行くわいな

また転倒し、また起き上り、れいの「いい下着」も何も泥まみれ、下駄を見失い、足袋はだしのままで、電車に乗った。

その後、私は現在まで、おそらく何百回、何千回となく、ひや酒を飲んだが、しかし、あんなにひどいめに逢った事が無かった。

ひや酒に就いて、忘れられないなつかしい思い出が、もう一つある。

それを語るためには、ちょっと、私と丸山定夫君との交友に就いて説明して置く必要がある。

太平洋戦争のかなりすすんだ、あれは初秋の頃であったか、丸山定夫君から、次のような意味のおたよりをいただいた。

ぜひいちど訪問したいが、よろしいだろうか、そうしてその折、私ともう一人のやつを連れて行きたい、そのやつとも逢ってやっては下さるまいか。

私はそれまでいちども丸山君とは、逢った事も無いし、また文通した事も無かったのである。しかし、名優としての丸山君の名は聞いて知っていたし、また、その舞台姿も拝見した事がある。私は、いつでもおいで下さい、と返事を書いて、また拙宅に到る道筋の略図なども書き添えた。

数日後、丸山です、とれいの舞台で聞き覚えのある特徴のある声が、玄関に聞えた。私は立って玄関に迎えた。

丸山君おひとりであった。

「もうひとりのおかたは？」

丸山君は微笑して、

「いや、それが、こいつなんです。」

と言って風呂敷から、トミイウイスキイの角瓶を一本取り出して、玄関の式台の上に載せた。洒落たひとだ、と私は感心した。その頃は、いや、いまでもそうだが、トミイウイスキイどころか、焼酎でさえめったに我々の力では入手出来なかったのである。

「それから、これはどうも、ケチくさい話なんですが、これを半分だけ、今夜二人で飲むという事にさせていただきたいんですけど。」

「あ、そう。」

半分は、よそへ持って行くんだろう。こんな高級のウイスキイなら、それは当然の事だ、と私はとっさに合点して、

「おい。」

と女房を呼び、

「何か瓶を持って来てくれないか。」

「いいえ、そうじゃないんです。」

と丸山君はあわて、

「半分は今夜ここで二人で飲んで、半分はお宅へ置いて行かせていただくつもりなんです。」

私は、丸山君をいよいよ洒落たひとだ、と唸るくらいに感服した。私たちなら、一升さげて友人の宅へ行ったら、それは友人と一緒にたいらげる事にきめてしまっていて、また友人のほうでも、それは当然の事と思っているのだ。甚だしきに到っては、ビイルを二本くらい持参して、まずそれを飲み、とても足りっこ無いんだから、主人のほうから何か飲み物を釣り出すという所謂、海老鯛式の作法さえ時たま行われているのである。

とにかく私にとって、そのような優雅な礼儀正しい酒客の来訪は、はじめてであった。

「なあんだ、そんなら一緒に今夜、全部飲んでしまいましょう。」

私はその夜、実にたのしかった。丸山君は、いま日本で自分の信頼しているひとは、あなただけなんだから、これからも附合ってくれ、と言い、私は見っともないくらいそりかえって、いい気持になり、調子に乗って誰彼を大声で罵倒《ばとう》しはじめ、おとなしい丸山君は少しく閉口の気味になったようで、

「では、きょうはこれくらいにして、おいとまします。」

と言った。

「いや、いけません。ウイスキイがまだ少し残っている。」

「いや、それは残して置きなさい。あとで残っているのに気が附いた時には、また、わるくないものですよ。」

苦労人らしい口調で言った。

私は丸山君を吉祥寺駅まで送って行って、帰途、公園の森の中に迷い込み、杉の大木に鼻を、イヤというほど強く衝突させてしまった。

翌朝、鏡を見ると、目をそむけたいくらいに鼻が赤く、大きくはれ上っていて、鬱々として楽しまず、朝の食卓についた時、家の者が、

「どうします？　アペリチイフは？　ウイスキイが少し残っていてよ。」

救われた。なるほど、お酒は少し残して置くべきものだ。善い哉《かな》、丸山君の思いや

り。私はまったく、丸山君の優しい人格に傾倒した。

丸山君は、それからも、私のところへ時々、速達をよこしたり、またご自身迎えに来てくれたりして、おいしいお酒をたくさん飲めるさまざまの場所へ案内した。次第に東京の空襲がはげしくなったが、丸山君の酒席のその招待は変る事なく続き、そうして私は、こんどこそ私がお勘定を払って見せようと油断なく、それらの酒席の帳場に駈け込んで行っても、いつも、「いいえ、もう丸山さんからいただいております。」という返事で、ついに一度も、私が支払い得なかったという醜態ぶりであった。

「新宿の秋田、ご存じでしょう！　あそこでね、今夜、さいごのサーヴィスがあるそうです。まいりましょう。」

その前夜、東京に夜間の焼夷弾の大空襲があって、丸山君は、忠臣蔵の討入のような、ものものしい刺子《さしこ》の火事場装束で、私を誘いにやって来た。ちょうどその時、伊馬春部君も、これが最後かも知れぬと拙宅へ鉄かぶとを背負って遊びにやって来ていて、私と伊馬君は、それは耳よりの話、といさみ立って丸山君のお伴をした。

その夜、秋田に於いて、常連が二十人ちかく、秋田のおかみは、来る客、来る客の目の前に、秋田産の美酒一升瓶一本ずつ、ぴたりぴたりと据えてくれた。あんな豪華な酒宴は無かった。一人が一升瓶一本ずつを擁して、それぞれ手酌で、大きいコップでぐいぐいと飲むのである。さかなも、大どんぶりに山盛りである。二十人ちかい常連は、それぞれ世に名も高い、といっても決して誇張でないくらいの、それこそ歴史的な酒豪ばかりであったようだが、しかし、なかなか飲みほせなかった様子であった。私はその頃は、既に、ひや酒でも何でも、大いに飲める野蛮人になりさがっていたのであるが、しかし、七合くらいで、もう苦しくなって、やめてしまった。秋田産のその美酒は、アルコール度もなかなか高いようであった。

「岡島さんは、見えないようだね。」

と、常連の中の誰かが言った。

「いや、岡島さんの家はね、きのうの空襲で丸焼けになったんです。」

「それじゃあ、来られない。気の毒だねえ、せっかくのこんないいチャンス、……」

などと言っているうちに、顔は煤だらけ、おそろしく汚い服装の中年のひとが、あたふたと店にはいって来て、これがその岡島さん。

「わあ、よく来たものだ。」

と皆々あきれ、かつは感嘆した。

この時の異様な酒宴に於いて、最も泥酔し、最も見事な醜態を演じた人は、実にわが友、伊馬春部君そのひとであった。あとで彼からの手紙に依ると、彼は私たちとわかれて、それから目がさめたところは路傍で、そうして、鉄かぶとも、眼鏡も、鞄も何も無く、全裸に近い姿で、しかも全身くまなく打撲傷を負っていたという。そうして、彼は、それが東京に於ける飲みおさめで、数日後には召集令状が来て、汽船に乗せられ、戦場へ連れられて行ったのである。

ひや酒に就いての追憶はそれくらいにして、次にチャンポンに就いて少し語らせていただきたい。このチャンポンというのもまた、いまこそ、これは普通のようになっていて、誰もこれを無鉄砲なものとも何とも思っていない様子であるが、私の学生時代には、これはまた大へんな荒事であって、よほどの豪傑でない限り、これを敢行する勇気が無かった。私が東京の大学へはいって、郷里の先輩に連れられ、赤坂の料亭に行った事があるけれども、その先輩は拳闘家で、中国、満洲を永い事わたり歩き、見るからに堂々たる偉丈夫、そうしてそのひとは、座敷に坐るなり料亭の女中さんに、

「酒も飲むがね、酒と一緒にビイルを持って来てくれ。チャンポンにしなければ、俺は、酔えないんだよ。」

と実に威張って言い渡した。

そうしてお酒を一本飲み、その次はビイル、それからまたお酒という具合いに、交る交る飲み、私はその豪放な飲みっぷりにおそれをなし、私だけは小さい盃でちびちび飲みながら、やがてそのひとの、「国を出る時や玉の肌、いまじゃ槍傷刀傷。」とかいう馬賊の歌を聞かされ、あまりのおそろしさに、ちっともこっちは酔えなかったという思い出がある。そうして、彼がそのチャンポンをやって、「どれ、小便をして来よう。」と言って巨軀《きょく》をゆさぶって立ち上り、その小山の如きうしろ姿を横目で見て、ほとんど畏敬に近い念さえ起り、思わず小さい溜息をもらしたものだが、つまりその頃、日本に於いてチャンポンを敢行する人物は、まず英雄豪傑にのみ限られていた、といっても過言では無いほどだったのである。

それがいまでは、どんなものか。ひや酒も、コップ酒も、チャンポンもあったものでない。ただ、飲めばいいのである。酔えば、いいのである。酔って目がつぶれたっていいのである。酔って、死んだっていいのである。カストリ焼酎などという何が何やら、わけのわからぬ奇怪な飲みものまで躍り出して来て、紳士淑女も、へんに口をひんまげながらも、これを鯨飲《げいいん》し給う有様である。

「ひやは、からだに毒ですよ。」

など言って相擁して泣く芝居は、もはやいまの観客の失笑をかうくらいなものであろう。

さいきん私は、からだ具合いを悪くして、実に久しぶりで、小さい盃でちびちび一級酒なるものを飲み、その変転のはげしさを思い、呆然として、わが身の下落の取りかえしのつかぬところまで来ている事をいまさらの如く思い知らされ、また同時に、身辺の世相風習の見事なほどの変貌が、何やら恐ろしい悪夢か、怪談の如く感ぜられ、しんに身の毛のよだつ思いをしたことであった。

太宰治（だざい・おさむ）　一九〇九〜四八　作家

酒のあとさき

坂口安吾

私は日本酒の味はきらいで、ビールの味もきらいだ。けれども飲むのは酔いたいからで、酔っ払って不味が無感覚になるまでは、息を殺して、薬のように飲み下しているのである。私は身体は大きいけれども胃が弱いので、不味を抑えて飲む日本酒や、ビールは必ず吐いて苦しむが、苦しみながら尚《なお》のむ、気持よく飲めるのは高級のコニャックとウイスキーだけだが、今はもう手にはいらず、飲むよしもない。ジンやウォトカやアブサンでも日本酒よりはいい。少量で酔えるものは、味覚にかかわらず良いのである。

酔うために飲む酒だから、酔後の行状が言語道断は申すまでもなく、さめれば鬱々として悔恨の臍《ほぞ》をかむこと、これはあらゆる酒飲みの通弊で、思うに、酔っ払った悦楽の時間よりも醒めて苦痛の時間の方がたしかに長いのであるが、それは人生自体と同じことで、なぜ酒をのむかと云えば、なぜ生きながらえるかと同じことであるらしい。酔うことはすべて苦痛で、得恋の苦しみは失恋の苦しみと同じもので、女の人と会い顔を見ているうちはよいけれども、別れるとすぐ苦しくなって、夜がねむれなかったりするものである。得恋という男女二人同じ状態にあるときは、女の方が生れながらに図太いもので、現実的な性格がよく分るものであり、だから女の酒飲みが少いのかも知れぬ。

女はそのとき十七であったから、十一年上の私は二十八であったわけだ。この十七の娘が大変な酒飲みなのである、グラスのウイスキーを必ずぐいと一息で飲むのである。何杯ぐらい飲んだか忘れたが、とにかく無茶な娘で、モナミだったかどこかでテーブルの上のガラスの花瓶をこわして六円だか請求されると、別のテーブルの花瓶をとりあげてエイッと叩き割って十二円払って出てくる娘であった。しょっちゅう男と泊ったり、旅行したりしていたが処女なので、娘は私に処女ではないと云って頑強に言い張ったけれども、処女であったと思う。日本橋にウィンザアという芸術家相手の洋酒屋ができて、そこの女給であったが、店内装飾は青山二郎で、牧野信一、小林秀雄、中島健蔵、河上徹太郎、こう顔ぶれを思いだすと、これは当時の私の文学グループで、春陽堂から「文科」という同人雑誌をだしていた、結局その同人だけになってしまうが、そのほか中原中也と知ったのがこの店であった。直木三十五が来ていた。あの当時の文士は一城をまもって虎視眈々、知らない同業者には顔もふりむけないから、誰が来ていたかあとは知らない。

中原中也は、十七の娘が好きであったが、娘の方は私が好きであったから中也はかねて恨みを結んでいて、ある晩のこと彼は隣席の私に向って、やいヘゲモニー、と叫んで立上って、突然殴りかかったけれども四尺七寸ぐらいの小男で私が大男だから怖れて近づかず、一米《メートル》ぐらい離れたところで盛にフットワークよろしく左右のストレートをくりだし、時にスウィングやアッパーカットを閃《ひらめ》かしている。私が大笑いしたのは申すまでもない。五分ぐらい一人で格闘して中也は狐につままれたように椅子に腰かける。どうだ、一緒に飲まないか、こっちへ来ないか、私が誘うと、貴様はドイツのヘゲモニーだ、貴様は偉え、と言いながら割りこんできて、それから繁々往来する親友になったが、その後は十七の娘については彼はもう一切われ関せずという顔をした。それほど惚れてはいなかったので、ほんとは私と友達になりたがっていたのだ。

そして中也はそれから後はよく別れた女房と一緒に酒をのみにきたが、この女が又日本無類の怖るべき女であった。

私は十七の娘のことを考えると、失われた年齢を、非常になつかしむ思いになる。もう、再びあのような嘘のような間の抜けた話はめぐりあうことが有り得ない、年齢的に、否、二十八の私は驚くほど子供でもあった。

私はそのころ別の女の人に失恋みたいなことをして（これが又はっきり失恋でもないのだから始末がわるい非常にいりくんだ精神上の絡みがあった）そういうわけで、十七の娘のことなど行きずりの気持しかなかったのに、娘の方では八百屋お七のように思いこんで私を愛してこの娘は変な手練手管などまだ眼中にないのだから、酒飲みの私を愛する故に彼女も亦《また》威勢よく酒をのみ（まったく常にグッと、一息で誰でも呆《あっ》気《け》にとられるのだ）そして私達は飲み仲間の歓呼の声に送られて堂々と出発し、銀座を飲み歩いて巡査に叱られたり、そして、あっちのホテルだの、こっちの宿屋で酔いつぶれた。けれども娘は頑として肉体の交渉を拒絶し、娘は私に、私は処女ではないのよと言って抱きついて色々悩しいことをするのだけれども、この娘はたしかに処女とは如何なるものであるか、男女関係の最後の、交渉がどういうものであるか、全然知らなかったのだと思う。だから私とこの娘は中原中也だの隠岐和一だの西田義郎だの飲み仲間の声援に送られて頻りに諸方のホテルで夜を明したけれども、まったく肉体の交渉はない。私は思うに、終戦後現れたフラッパーの中には案外この種の何も知らない女が相当数いるのではないかと考えている。そしてこの種の何も知らない娘に限って外形的に大無軌道をやらかすのではないかと考える。

私が京都に「吹雪物語」を書いていたとき、下宿の娘がこの年頃で京都名題《なだい》の不良少女で無軌道であったが素直な気立のよい娘であった。その後中学生の三人の不良少年に強姦されて半狂乱になってそれから転落が始ったが、結局この種の運命は仕方がないので、不良少女は大概よい魂の所有者なのだが教養が低いから堕ちると高さがなくなる。

私の友達の十七の娘はその後結婚して良い母になっている筈であるが、この娘はフランス文学者の娘で、日本の古典文学に本格的な教養を持っており、私の原稿を読んで仮名や誤字を訂正してくれたが私が又今もって漢字だの仮名遣いなど杜撰《ずさん》極る知識の持主なのだから、あんまり沢山誤字があったり仮名遣いが間違っていたりして、十七の不良少女に仮名遣いを教えて貰って恐縮したものである。

私は胃が弱いので、酒やビールだと必ず吐いて苦しむので、これはジッと飲んでいると尚いけない。少しずつ飲んで梯子酒をすると割合によい。一番よいのは汽車の食堂で、これは常に身体がゆれているから、よく消化して吐くことが殆どないのである。だからダンスをやろうかと思ったが、昔のダンスホールは酒を飲ませないものだから、非常に厭味なところで、ダンスもつい覚える気持にならなかった。それでも、どうも酒を飲んで動かないのが苦痛の種でありすぎたから、酒場の女給から教えてもらって(四五日)ボックスという奴、これが又バカバカしくて、いっそひとつ石井漠にでも弟子入してやろうかと思ったぐらいである。あのころはウイスキーでもジョニーウォーカアの赤レベルだともう薬のように厭な味が鼻につき、私はコニャックかオールドパアでないと気持よく酔うことができなかった。今はメチルでも飲みかねないていたらくで、味覚の方が思想よりも下落してしまった。そして近頃は酒量がすくなくなり、早く酔うようになったから、却《かえ》って吐くことがすくなくなったが、日本酒とビールは今もだめで、焼酎でもインチキ・ウイスキーでもメチルの親類でも、ともかく少量で酔うアルコールの方を珍重する。

昭和十二年の一月だか二月だかであったと思う。私はドテラの着流しのまま急に思いたって京都へ行った。隠岐和一を訪ね、彼から部屋を探してもらって、孤独の中で小説を書いてみようと決意したのである。その晩私は隠岐に招待されて祇園のお茶屋で酒をのんだ。祇園の舞妓というものを見るためであったが、三十六人だかの舞妓がいるうち二十何人だか次々に見せてもらったが、可愛いのは言葉ばかりで、顔も美しいとは思われず変にコマッチャクれているばかり、話といえば林長二郎だのターキーのこと、伝統的な教養というものを何も見出すことができない。十五六の女学生と話をする方がどれぐらい清潔でいいか分らない。踊りなども一向に見栄えのしない、ただ手が延びたりひっくりかえったり縮んだり、動かない方がよっぽどましだと私はウンザリして酒をのんでいた。

舞妓の一人に東山ダンスホールのダンサアが好きでそのダンサアと踊りたいと言いだしたのがいて、私達は自動車を走らせ四五人の舞妓をつれて深夜のダンスホールへ行った。もう十二時をすぎていた。このダンスホールは東山の中腹にたった一軒たてられた景色のよいところで、もし酒を飲ましてくれるなら、私は外の場所では酒を飲まないと思ったほどの良いところであった。

舞妓の一人が、踊りましょうと私に言った。よろしい、私は即座に返事をした。私がダンスホールというところで踊ったのは、このときただ一度あるのみ。ドテラの着流しで小さな舞妓と（この舞妓は特別小さかった）踊ったことがあるだけ。

私はこのとき、酔眼モーローたるなかで一つの美しさに呆気にとられていた。それは舞妓の着物、あの特別なダラリの帯、座敷の中で踊ったりペチャクチャ喋っているときは陳腐で一向に美しいとも思わなかったのだが、ダンスホールの群集にまじると、群を圧して目立つのだ。ダンサアの夜会服などは貧弱極るものに見え、男も女もなべて他の見すぼらしさが確然と目にしみ渡るのである。伝統のもつ貫禄というものを思い知らされたのであるが、それにしても伝統の衣裳をまとう、その内容が空虚では仕方がないので、然し、小さな舞妓のキモノが群集の波を楚々とくぐりぬけて行く美しさは今でも私の目にしみている。

坂口安吾（さかぐち・あんご）　一九〇六〜五五　作家

池袋の店

山之口貘

池袋は、いま、時々刻々に変貌しつつあるのだ。池袋駅東口には、すでに、西武百貨店がその巨体を構え、西口には、東横百貨店が控えているのであるが、東口にはさらに三越や伊勢丹の姿も現われるとのことで、これら四つの大百貨店の勢揃いを想像しただけでも、近い将来の池袋の風貌がうかがわれるわけである。東口駅前も、いまは広場になっていて、各方面へのバスの便があり、地下鉄が完成したり、上越、信越線がはいってくるようになるあかつきには、すっかり大池袋に化けるのだ。

さて、こうした新装をこらすために、池袋の街は至るところごった返していて、落着きのない雰囲気に包まれているのだ。ちょいとご無沙汰しているうちに、旧武蔵野線の出口の筋向いあたりにあったあのゆうれい横丁も消えてしまって「平田屋」で焼酎一杯という気分も出しようのない変り方になったのだ。区画整理のためにそこら一帯も様子を変えて「小山珈琲店」も場所をずらされたついでに、無理に店を拡げて、うなぎの寝床みたいな細長い格好の店になった。筆者は、原稿の押し売りとか、ぼろ生活のための金策などの往き帰りを、旧武蔵野線を利用しているので、つい「小山珈琲店」に寄るのだが、模様変えしてからの客種の増えたことにはおどろいているのである。筆者の舌など、珈琲の味のわかる舌ではないにしても、うまいとおもえば高く、安いとおもえばまずかったりするのは、どちらも困るのだが、この店のは安い割にしてはうまいみたいな感じのするところが一般にうけているのかも知れないのだ。筆者はここでしばしば、ステッキを片手の秋田雨雀氏の姿も見かけるのである。なにしろ、繁栄している店なのだが、来る人達の生活もこの店ぐらいに、たがいに繁栄したいものだ。

駅の端のトンネルをくぐって西口へ出ると、パチンコ屋の横丁に、やはり珈琲店で「スター」というのがある。若い主人で、去年の夏東口広場での絵の街頭展のために事務所的便宜をはからってくれたり、若々しい定連とスター文庫の計画を立てたりして多少の本など置いてあったりする店で、客のおつき合い旁々《かたがた》商売しているという風なのだ。ここではまたしばしば、窪川鶴次郎氏の姿を見かける。この界隈から少し離れて、二叉の交番の手前の右横丁をはいったところには「象の子」という店がある。客の希望によって色々の珈琲をのませてくれる店だ。筆者は過日、ある新聞社のA君に案内されて「芳林堂」という本屋の横をはいったが、突き当って右へ折れたところに「おもだか」という店がある。おかみさんの顔を見て、二十年ばかり前のことをおもい出したのだ。そのころ、東両国の国技館前の通りにあった「安兵衛」という飲屋のおかみだったからなのだ。主人はときくと、なくなりましたといい、いまは、ときくと、ひとりですとおかみは答えたのである。

東横百貨店前のマーケットのなかをうろうろしていると、三味線の音がきこえて来たりする。三味線とはいっても、東京あたりで俗にいっているところの蛇皮線の音である。蛇皮線というのは、三味線の元祖で、もともと琉球でも三味線《さんしん》と呼ばれているのである。錦蛇の皮を張ってあるので、蛇皮線と呼んでももっともらしくきこえるのだ。泡盛屋「さんご」で鳴らす琉球の三味線なのである。主人は、暴風の名産地石垣島の出身で、本来は絵の方の人なのである。定連には、国展、独立、自由美術などの画家、彫刻家多数であるが、この店では、カラカラで泡盛を出すので、杯でたのしめるのである。

泡盛屋は、西口にもう一軒、「おもろ」がある。「おもろ」では、毎月一回、沖縄舞踊の紹介をしているが、カラカラで泡盛をのみながら、蛇皮張りの三味線をきく「さんご」の客も、沖縄舞踊を見ながら泡盛をあおる「おもろ」の客も、池袋のごった返しのごたごたを忘れ、しばらくは沖縄の祖国復帰におもいを致すのだ。

山之口貘（やまのくち・ばく）一九〇三〜六三　詩人

音問——梅崎春生

檀　一雄

梅崎さんとは、時折、実に偶然に、どこかの酒場で落合って、大抵そこから一二軒、思いつくままの酒場を梯子をして廻り、やがていつのまにか別れてしまっている、と云うのが、私達なりの、ごく自然な、交遊のあらましであった。

それがどう云うわけか、去年の暮頃から、酒場の梯子酒が終った後にも、何となくお互の家にまでグズグズと深追いしてゆくような不思議な習慣に変りかけていた。いや、その翌る日にも、電話をかけたり、お互の音問《おんもん》を後々まで持返すようなことになっていた。

おそらくこれは、飲み足りないなどと云うのではなく、反対に、サッパリと酒場で飲み終るほどの体力を失って、ついグズグズと、酒席への未練を後々まで持ち越してしまうことになっていたのであったろう。

　誰でも知っている通り、梅崎さんは度はずれに人なつこい人柄であった。と同時に、淋しい含羞の人であり、思いがけない人見知りをするのが見受けられた。

　その人なつこさと、その人見知りをする含羞の面持とが、すばやく揉み合う時の梅崎さんの表情は実によかった。その分岐のはじらいが私にとってはそのまま、こわれやすい秀抜な芸術品を見守るようにさえ思われた。

　私達がとうとう彼の家にまで導かれてしまう……、つまり、梅崎春生の魅力に引入れられてゆく……、主とした誘引は、このすばやく揉み合う彼の人なつこさと、人見知りの、淋しい揺れにあったと云えるような気さえする。

　梅崎さんは、私より二つ三つ年下だ。その昔（二十八年ぐらい昔になるか）本郷の大学のま近いところに、「紫苑」と云う喫茶店があって、当時私は、朝から晩までその「紫苑」に坐りこんだまま、ビールを飲んでいたことがあった。

　戦後、はじめて梅崎さんに会った時に、偶々その「紫苑」の話になり、

「僕も時々あそこへ飲みにゆきましたよ」

と梅崎さんが云った。この時、私は、「紫苑」の一隅に坐っていた梅崎春生の印象

を、実に克明に思い出した。云わば、その含羞と人なつこさのからみ合った孤独の表情を思い出したわけである。人に紹介もされず、先方の人柄や名前も知らぬ、いわば未知の人の、その昔の表情を実に手に取るように覚えていたのは、愉快であった。

爾来、私は梅崎春生さんを、ひそかに旧友の一人に数え込んでいたものだ。

六七年昔のことであったろうか。私が池袋の「おもろ」と云う泡盛屋で飲んでいると、ひょっこりと、梅崎春生さんが迷いこんできた。まったく迷いこんできたと云うのがふさわしいような蹌踉《そうろう》の足どりで、たった一人、あてもなくさまよい歩いてきた夢遊病者に見えた。

私は梅崎さんの病態も聞いていたし、旁々《かたがた》、孤独な彷徨の途次のようでもあり、瞬間同席するのをためらったが、席に腰をおろした彼の目はまことにあてどのない人なつこさにうるんでいて、私はいつのまにか、彼と向い合って、飲んでいた。

その夜はとうとう、私の目白のアパートにまで席を移して飲み合ったが、さて、梅崎さんをアパートの外まで送り出そうとして、階段を降りかかったとたん、梅崎さんの体がまるで空気のぬけた風船玉のようにしぼみ、崩折れていったことを覚えている。あわてて、その体を抱きとめようとしたが、ズルズルと、一番下までころげ落ちていった。

幸いに、どこにもケガは無かったように見受けられたものの、あんなに怖ろしかったことはない。私は梅崎さんを、タクシーに抱え入れ、そのまま自宅まで送り届けようとしたが、どうやら自宅の周辺に来たらしいのに、当の梅崎さん自身が、まるっきり、自分の家のありかを覚えていなかった。

迷いに迷った。

それでもようやく梅崎さんの家に辿りつき、深夜の饗応にあずかったことを覚えている。家にたどりついてしまうと、その安堵からだろう、梅崎さんははなはだ快活であった。今しがた、階段から、風船玉のようにしぼんでいったあの危険を感じさせないほどであった。

一緒に色紙を書き散らしたりした。

梅崎家を訪れたのは、その時以来両三度ぐらいのものであったろう。

私は梅崎さんの体力の枯渇を、いやと云うほどに思い知らされていながら、酒場でまた出会ったりすると、ついあのやるせないような人なつこい眼のまたたきと微笑に誘いこまれていって、酒場を梯子してしまうことになる。

いつだったかも、草野心平さんと、三人になり、際限もなく梯子して、深夜の梅崎家を襲ってしまうことにもなった。

その直後に、梅崎さんも、草野さんも、入院するハメになり、私は何となくうしろめたい心地がしたものだが、その時の入院はただの予防入院の程度であったらしく、病院からの富士がいいとか、そんな優雅な話を電話で聞き、ほっとしたりした。

梅崎さんから「階前梧葉已秋声」の色紙を贈ってもらったのはいつのことであったろうか。同嘆、檀先生となっているが、その前後に、次郎の位牌に詣ってもらったことがある。位牌の前に黄色い菜の花を祀っておいたような記憶があるから、晩春の頃かもわからない。

今とり出して見ると悲哀が滲みとおるような沈痛の文字だ。梅崎さんの急逝に逢おうなどと信じもしなかったから、そのまま、表装にもやらず打棄てたままであった。つい最近、K社の大久保君を通じて、梅崎さんからアンチョビーと、山川の壺漬を頂戴した。これまた冷蔵庫の中に入れたままであったことを思いだし、あわてて取出して、その鹹味《かんみ》のほろにがさを噛みしめるだけである。

壺漬を嚙みしめて喰う梅雨明けず

檀一雄（だん・かずお）一九一二～七六　作家

詩人のいた店

久世光彦

高校三年の秋、飲酒で一週間の停学処分を受けたのに、いまは一滴もお酒を飲まないというと、みんな妙な顔をするし、自分でもおかしいと思うのだが、本当だから仕方がない。しかし、いくら四十年前の話でも、お酒を飲んだくらいで一週間の停学は厳し過ぎる。実は、そのころならどこの街にもあった遊廓というところに、何を思ってか制服制帽のまま上がって、長襦袢の女たちと飲んだのだから、これも仕方がない。四、五人の同級生がいっしょだったが、その晩いったい誰がお金を払ったのか、同窓会の度にその話になるのだが、いまもって謎である。もしかしたら神さまだったのかもしれないと、思うことがある。

どうして神さまかというと、やはりその事件で私の人生が大きくカーヴしたと思うからだ。昭和二十八年――そのころ私は、戦争中に疎開したまま東京へ帰りそびれて、北国の市に住んでいた。空が重く、雲が深く、女の子の肌が白い北国だった。度胸がなくてそうなれないことはわかっていながら、不良に憧れ、不良になりたいと思っていた。いま思うと、あのころが不良という人種が輝いて見えた最後の時代だったのかもしれない。学校を中途でやめて、いつも顔色が悪く、頬の線がナイフで殺《そ》いだみたいに鋭い不良少年が、映画館の立看板の蔭に背を丸めていたりすると、私は氷の柱に出会ったように胸が冷たくなるのだった。不良少年は口笛が上手《うま》かった。冬の空気を切り裂く刃物みたいな口笛を吹いた。口笛がネオンに染まりながら雨の舗道を走り、露地を曲がると、その後を唇の紅い不良少女が小走りに追っていく。その子が目を炯《ひか》らせて過ぎた後には、ミルクと安香水の交じった匂いが残った。――教師たちは、これから生まれ変わる新しい日本の中で、お前たちは何にでもなれると言った。それなら私は、不良になりたいとほんとうに思っていた。

あの晩のことはよく憶えている。その店は東新地と呼ばれる一画の真ん中あたりにあって、色硝子《ガラス》の入った玄関の両脇に、桜と柳の枝が降りはじめた雨に枝垂《しだ》れていた。こういうところを昔から狭斜《きょうしゃ》というらしいが、その遊廓街もなだらかな坂の両側に、狭々《せまぜま》とおなじような造りの店がぼんやりした桃色や紫の軒灯《けんとう》を点けて並んでいた。玄関を入ってすぐの湿った土間には、丸テーブルが二つばかりと籐の椅子があって、お酒を飲めるようになっていたが、誰も飲んではいなかった。私たちは帳場の脇の長い廊下を、長襦袢の女たちに手を引かれ、突き当たりの狭い階段を昇って、水白粉《みずおしろい》の匂いのする娼婦の部屋へ上がった。

白粉の匂いには、消毒用のクレゾールの匂いが交じっていて、私にはそれが暗い罪の匂いのように思われた。私はふと母の顔を想ったが、すぐに忘れた。ここへくる前に蕎麦屋の座敷で少し飲んでいたから、私たちはそんなに浮き足立つこともなかったし、女たちも口開けの客を帰した後だったので、みんな陽気だった。私たちが制服の高校生だったことも珍しかったのだろう。女たちは優しく、機嫌がよかった。ふざけて学帽をかぶってみせたのは桜吹雪の長襦袢の女で、私が脱いだ金釦《ボタン》の制服を羽織ったのは、首に瘰癧《るいれき》の痕がある女だった。私には女たちがちっとも不幸に見えなかった。四十ワットの電灯の下で肌は蒼白かったが、みんな明るく弾んで、私は今夜いっしょにきた同級生たちより、ずっと以前から親しかった友だちのようだと思った。

あれは奇妙な宴会だった。私たちが上がった二階にも長い廊下があって、その両側に四畳半の艶《なまめ》かしい部屋がいくつも並んでいるのだが、一つの部屋にはとても入りきれないので、私たちは四、五人ずつ分かれて、廊下を隔てて向かい合わせの二つの部屋で襖を開け放して飲んだのである。他の部屋の客はいなかったのだろうか。私たちはトタン屋根を打つ雨の音に負けないくらい大きな声を上げていたはずなのに、どこからも苦情はこなかった。雨で客が少なかったのかもしれない。

手洗いに立とうとすると、さっきから私の傍を離れない桜の長襦袢の女がついてきた。サッちゃんという子だった。私より二つ三つ年上だろうか。私は、こんなところで不良を気取っても仕方がないので、サッちゃんと堀辰雄の話をしていた。それだって何だか場違いな気もしたが、私には他にする話がなかった。サッちゃんは「風立ちぬ」の話をしても、「美しい村」の話をしても、フンフンと聞いてくれた。私は本気でサッちゃんに堀辰雄を読ませたいと思ったりしていた。――手洗いは階下《した》にしかないという。雨漏りがして濡れた階段をサッちゃんと手をつないで降りた。降りてすぐの部屋の襖が半分開いていて、中から灯が洩れている。褞袍《どてら》を着た半白の髪の男が、赤い布団に腹這いになって、原稿用紙に何か書いているのが見えた。桃色の電気スタンドの光で、原稿用紙も枕元の徳利も桃色だった。足音を忍ばせて通り過ぎながら、サッちゃんが教えてくれる。詩人だという。もう三日もあの部屋で唸りながら詩を書いているらしい。私は詩人というものをはじめて見た。そう言えば詩人らしかった。サッちゃんの横顔も、詩人というとき、尊敬しているように見えた。でもその男は、堀辰雄とは種類の違う詩人のようだった。

用を済ます間、サッちゃんは手洗いの前で待っていてくれた。廊下が冷たいので、爪先立って足踏みしていた。私たちは、きたときのように寄り添い、詩人の部屋の前を通って階段を上がりかけた。そのとき、詩人の部屋から黒い塊が飛び出して、サッちゃんに背中から抱きついた。暗い風のようだった。助けようとしたとき、サッちゃんはもう詩人と一塊《ひとかたまり》になって、詩人の部屋の赤い布団に押し伏せられていた。口を塞がれているのか、サッちゃんは声も上げない。桃色の明かりの中に、サッちゃんの白い足が裂けるくらいに開かれる。雨が上がったのか、辺りはいやに静かだった。押し潰されるようなサッちゃんの声が洩れるだけで、詩人は牛のように黙り、激しくサッちゃんを揺すり立てていた。私は廊下からぼんやり二人を眺めていた。バラバラだった二人の動きが、いつの間にか一つになり、私は牛の体の下から一瞬のぞいて見えたサッちゃんの目が、確かに私の目を見たと思った。サッちゃんの目は、笑っていた。

その夜のことが地方の新聞に大きく出て、私たちは一週間の謹慎の後、日付の入っていない退学届を学校に出させられた。こんど何かあったら、そこに日付が書き込まれるわけである。それをきっかけに不良になっていたら、少しは話にもなるのだが、私は情けなく萎えたまま秋を過ごし、冬を迎え、桜三月、大学受験に失敗して十年ぶりに東京へ戻った。サッちゃんには、もちろんそれきり逢うことも、堀辰雄を貸すこともなかった。

私には同い年の従兄がいた。その従兄の仲の良い友人に大江某という男がいた。二人はその年の春、私が受験して失敗した大学の同級生だった。予備校に友だちのできなかった私は、何となくその二人にくっついて歩くようになっていた。二人が持ち歩いているリラダンの原書を羨ましいとは思ったが、あまり劣等感はなかった。品があって慎ましく、明るい冗談好きの二人だったのである。大江という男は耳たぶが人並み外れて大きく、映画館の前の席で子供がむずかっていると、両耳に手を添えて、ダンボダンボとヒラヒラさせて泣き止ませる特技があり、従兄は大阪にいる恋人に、一日置きにせっせとフランス語交じりの手紙を書いていた。夏が過ぎても気持ちが落ち着かず、来年の春の自信がなくなるばかりの私は、彼らといっしょにいるときだけが楽しかった。それはたぶん、彼らの声のせいだったのだと思う。二人はまだ二十歳になったばかりなのに、いつも静かに話していた。静かに笑い、静かに歌い、怒っても静かだった。私はそれを知性だと思った。

三人で高円寺の赤提灯の店へよくいった。ほんとうにその店の軒下には、赤い大きな提灯が揺れていた。《赤ちゃん》という変な名前の店だった。五十前のおばさんと、娘の光江ちゃんとで店をやっていて、おばさんの亭主の赤川という人は、家で詩を書いているらしい。でも、姿を見かけたことは一度もなかった。こんどは、ほんとうの詩人である。というのは、店の常連がみんなその人の知り合いの小説家や絵描きだったからである。学生は私たちだけだった。そのころ、中央線の沿線には文士や詩人や画家がたくさん住んでいて、《赤ちゃん》には当時売れっ子の新田潤という小説家が、毎晩のように顔を見せていた。高見順、南川潤と並んで《三ジュン》と言われた一人である。太縁の眼鏡をかけた体の大きな人だった。私が小説家というものをはじめて見たのがこの人だった。小説家というだけで胸がドキドキした。従兄と大江某はさほど興味を示さなかったが、私は《赤ちゃん》と並びの古書店で「彼方に光ありや」という新田潤の小説を買ったのを憶えている。まさか、それから三十何年か後に、隣りの椅子で合成二級の酒を飲んでいる男が、ノーベル文学賞をもらうなんて、当人も含めて誰が思ったことだろう。

《赤ちゃん》は、間口一間半《まぐちいっけんはん》の狭い店だった。カウンターが奥へ長く伸びて、小座敷も何もない飲み屋だった。奥で飲んでいた連中が帰るとなると、通路が狭くて、私たちはみんなカウンターに俯《うつぶ》せになって道を空けなければならない。ある秋の夜、かなり酔った新田潤と連れの絵描きが、足を縺《もつ》れさせて、入り口近くにいた私たちの上に倒れ込んできたことがあった。新田潤が大江に抱きつき、私は絵描きの下敷きになって丸椅子から落ちた。いっしょに転んだ絵描きの顔が目の前にあった。顔の左半分が青黒い痣《あざ》だった。私は叫びそうになって、声を呑んだ。絵描きは、いつもカウンターの奥に坐っていて、右の横顔しか見せていなかったのである。絵描きは、ごめんごめんと私の耳元で囁いた。その静かな声が私を安心させた。穏やかな目が怖れを忘れさせた。絵描きは小山田二郎といった。その人の絵を上野の美術館で見たのは、その年の秋も暮れだった。《鳥女》という絵と《ピエタ》というのが並んでいた。全身を震わせて泣いているような絵だった。途切れ途切れの詩みたいな絵だった。いっしょに見にいった《赤ちゃん》の光江ちゃんが、明るい声で、嫌い、と言った。私は曖昧にうなずいた。

詩人たちは、どこへいってしまったのだろう。《赤ちゃん》へは、二、三年通ったはずだが、とうとう赤川某という詩人には逢わずじまいだった。小山田二郎も、先年ピエタの国の人になったと聞く。街に詩人たちがいたころから、数えてみれば四十年になる。

久世光彦（くぜ・てるひこ）　一九三五～二〇〇六　作家・演出家

後家横丁／酒のこと

小沼　丹

後家横丁

或る晩、荻窪の北口の駅前で車を待っていた。車を待つ人の長い行列が出来ていて、車はなかなか来ないから、たいへん焦れったい。行列に並ぶのは気に入らないが、電車が無くなったから車で帰る他無い。立って待っている裡に、広場の向うの狭い露地が眼に附いた。眼に附いたと思ったら、行列を離れてふらふらと其方へ歩き出したのは酔っていたからだと思う。

北口の駅前には、小さな飲屋の塊っている一劃があって、以前はちょいちょいこの一劃に這入り込んだ。縦横に二、三本の狭い露地が通っているに過ぎない狭い所である。昔は荻窪ばかりではない、あちこちに何とか横丁と名前の附いた露地があって、小さな飲屋が並んでいたが、近頃は殆ど見掛けない。北口駅前の一劃も長いこと行か

なかったから、悉皆《しっかい》忘れていた。忘れていたと云うのは、当方にとって存在しなかったと同じようなことだから、露地を見て、

——おや、まだあったのか？

と驚いたかもしれない。昔の夢の跡を見るつもりでぶらぶらと歩いて行ったのだと思うが、酔っていたから何を考えていたか判らない。

暗い狭い露地に入って行くと、昔の通り小さな飲屋が並んでいて、何だか十年二十年昔に逆戻りした気分になった。昔はこの一劃に二、三軒知っている店があったから、ちょいちょい迷い込んだが、それが無くなってから来なくなった。だから、知っている店は無い。そう思って露地のなかを歩いていたら、一軒昔見掛けた名前を出している店がある。試みに硝子戸を開けたら、寝惚《ねぼけ》顔をした婆さんが、

——あら、お珍しい。

と云ったから驚いた。自然の成行として、なかに入ってカウンタアに向って椅子に尻を載せることになる。他に客はいないから、お神は居睡《いねむり》をしていたらしい。婆さんと云っては悪いが、最初はそう見えたのだから仕方が無い。尤も先方は、ちっともお変りになりませんね、とお世辞を云ったから、当方も最初は婆さんと思ったが実は

それ程でもない、と訂正しても構わない。飲んでいたら、お神がいろいろ昔話をする。相槌を打っていると、また十年二十年昔に逆戻りする気がした。昔、最初にこの露地へ入ったのは、井伏さんのお伴をして来たのである。そのころ、井伏さんは、後家横丁へ行こう、と云ってよくこの露地に来られた。後家横丁と命名したのは、井伏さんではないかと思う。

——一人去り、二人去り、近藤勇はただ一人……。

何人かで飲んでいて、誰かが「お先へ」と挨拶すると、井伏さんは憮然としてそう云われた。何故近藤勇が出て来るんですか？　或る人にそう訊かれて困ったことがある。此方だって訊きたいぐらいである。そんなことも想い出した。

暫くしたら客が一人入って来たから、此方はその店を出て、露地の出口迄行って駅前を見ると、もう並んでいる人も尠《すく》ない。誰か走って来るから振返ったら、お神が、お忘れ物ですよ、と荷物を差出した。

酒のこと

昔、学生時代友人に石川と云う男がいて、よく一緒に酒を飲んだ。石川は目白の方に下宿していたが、ときどき中央線沿線の方へ遠征して来る、そのときは井之頭公園の池畔の茶店でビイルを飲んだ。池畔の大木は戦争中に大分伐られたが、われわれがビイルを飲んだのはそれ以前だから、池畔には大木が鬱蒼と茂っていて、飲んでいると知らぬ間に夕靄が白く掛って、茶店の婆さんが、

――もうおしまいです。

と云いに来る。この感じは悪くなかった。石川は詩を書いていて、この茶店ではよく文学の話をしたが、石川はそれを「清談」と称して、また清談のときを持ちたきものなり、なんて書いた端書を寄越した。その頃、石川は芭蕉の「花にうき世我《わが》酒白く食《めし》黒し」と云う句が気に入っていて、酔うと口遊《くちずさ》んでは、どうだ、この心境が判るか？ これが判らんようでは文学は判りません、と判ったような判らないようなことを云って威張っていた。

公園の茶店が仕舞になると、阿佐ヶ谷とか新宿に行ったが、大抵行く店は決っていて、阿佐ヶ谷ではちょいちょい井伏さんにお会いした。南口の少し行った所に何とか云う飲み屋があって、二、三人で行ったら太宰さんが青柳優さんと坐っていて吃驚《びっくり》したことがある。

一度、友人二、三人と阿佐ヶ谷で飲んでいて井伏さんにお会いしたら、一緒に飲もう、と仰言る。井伏さんのお伴をして飲み歩いている裡に開いている店がなくなって、最後は荻窪の赤提燈を吊した屋台に連れて行かれた。その店には泡盛しか残っていなかったのだろう、生れて始めて泡盛を飲んだ。抵抗無く咽喉を通るから簡単に飲み干したら、井伏さんが、

——君はなかなか見所がある。

と云われる。酔って好い調子になっていたから、続けて泡盛をコップで四杯か五杯飲んだら、腰が抜けて動けなくなった。腰を抜かす、と云う言葉は知っていたが、自分で腰を抜かすとは考えたことも無かった。そのときは左右から友人に支えられて、近くの友人の家迄連れて行って貰ったが、こんなことは后《あと》にも先にも一度しかない。新宿は末広亭の通にあった樽平と、御苑近くにあった秋田によく行った。当時の新

宿はいまに較べると話にならないくらい狭かったから、あちこちで知った顔に出会《でくわ》した。一度、谷崎精二先生の授業をさぼって、友人と酒を飲んで新宿の通を歩いていたら、

——君、君。

と先生に呼び止められた。吃驚して、ぴょこんと頭を下げたら、君、学校にも出なくちゃ不可《いけ》ませんよ。ところで、どこで飲んでいたんですか？　と先生が訊いた。多分、その頃は段段と酒類が不足して来て、梯子酒をするにも何かと差支えがあったので、どこの店で飲んだのか？　と訊かれたのではないかと思う。

多分、昭和十五年の夏だと思うが、夏休に友人と佐渡へ旅行したら、両津だか相川の酒屋の棚にウイスキイの瓶が並んでいたので吃驚した記憶がある。東京の酒屋では既にその頃、ウイスキイは姿を消し始めていたのだろう。白い陶器の瓶に入ったそのウイスキイを歓んで買ったのは憶えているが、味の方はさっぱり記憶に無い。

ウイスキイで想い出したが、昔、知合の家でスコッチ・ウイスキイを小さなグラスに一杯だけ飲ませて貰ったことがある。まだ大学に入る前だったかも知れない。銘柄は忘れたが、口に含むと口中に得も云われぬ香と味が拡って、洵《まこと》に好い気分であった。

当時スコッチは珍しかったが、近頃は矢鱈に氾濫していて手軽に手に入る。飲んでみると、昔の奴とは違うウイスキイだから、違うと判ればそれならそれで水割で飲んでいればいいだろうと思う。

われわれが学校を出たのは昭和十七年九月だが、卒業式が済んでから級の連中で別れの宴を開いた。会場は新井薬師の料亭で、その頃はもう酒は大分不足していたと思うが、料亭の女将が気を効かせて酒を沢山出して呉れた。卒業して兵隊になる者が級の半数近くいる。それを知って、出して呉れたのである。そのときは皆で童謡を歌って、それから肩を組んで校歌を歌い、最後に兵隊になる連中を前に並べて「海行かば」を合唱して解散した。

——有難う。

そう云って涙を浮べていた者もあったが、握手して別れた連中の裡、何人帰って来たかしらん？

酒は愉快に飲むのが好きだが、偶《たま》に深夜独りで飲んでいると、先に逝った遠い昔の仲間が姿を現すことがあって、暫くその連中と話をすることもある。

小沼丹（おぬま・たん）　一九一八〜九六　作家

行きつけの店

タンタルス

内田百閒

上

私も寄る年波で、たがゆるみ判断はにぶり、外界に対する順応力を失った。高邁な理想を忘れて手近の物慾に囚《とら》われその為に地獄の苦しみをする。神戸花隈の旗亭で一献したが私は麦酒が飲みたく又麦酒しか飲まない。同座三人の中一人はお酒麦酒どちらでもいい。もう一人は杯を見向きもしない大食漢である。

初めに私のホテルで落ち合って出掛ける相談をした時、私は旗亭に麦酒のない事を危んだ。そぞろな杞憂ではないのであって、神戸へ来る十日ばかり前の夕方甘木を連れて東京駅のステーションホテルへ晩飯を食べに行ったが、五時半を少し過ぎたばかりであって、食堂の開くのは六時半だと云う事である。出たり這入ったりするのも面倒だと思ったから、風通しのいい窓際で待っている内に、バアは開いているから麦酒を飲もうかと云う気になったけれど、食前にそう云うお行儀の悪い事をするのはよそうと考え直した。やがて、船の中の様なオルゴルが鳴ってボイが食堂の案内に来た。甘木と差し向いの食卓で先ず麦酒を誂《あつら》え、前菜を肴にしてすぐ一本は空けてしまった。甘木は麦酒も少しは飲むけれど、サイダーに混ぜた方がうまいと云う程度のお相手である。それでサイダーも誂え又麦酒を追加した。ソップがすんだ時は二本目の麦酒もなくなったので、女の給仕にそう云ったが中中持って来ない。その内に魚のお皿が出たから早くしないかなと思って辺りを見廻すと、向うに支配人が起《た》っている。相図をして呼び寄せ随分前に麦酒を頼んだのだがまだ持って来てくれない。そう云ってくれと頼むと支配人は私共のテーブルの上を見て、お飲物はお一人につき麦酒又はサイダーのどちらか一本ずつと云う事になっている。こちら様へは既に麦酒二本とサイダーが来ている。もうこれ以上は差上げられないと云った。私は非常に驚いて、所によりそう云う制限のある事は薄薄聞いていたが、こう云う場所の食堂までそうなっていると考えなかったのは自分の不覚である。それなら前にバアで飲んでおけばよかったと考えたけれどもう遅い。廊下のどこかに貼出しがしてあるのを見落としたのであろう。又仮りに掲示なんかしてないとしても、向うからそう切り出された以上は、それが今の常識となりつつある時勢だから、兎《と》や角《かく》文句を云っても仕様がないであろう。麦酒は自分の定量だけ飲めるものときめて食べ始めたのがこちらの不注意である。しかし、まだソップが終わったばかりの所で麦酒を打ち切られては、後の御馳走が咽喉を通らない。決して理窟を云うのではないが特別の計らいでもう一本だけ出させてくれ、それを大事に飲んでお仕舞にするからと頼んだけれど支配人は聴き入れない。結局始まったばかりの御馳走をそこで中断して後は持って来るお皿を見るだけで下げた。食べて食べられない事もないし、腹もへっているのであるが、先に御馳走を詰め込んでおなかをふくらませた後で、家に帰ってから飲み直すとなると麦酒の味が落ちる上に、平生飲むだけ飲んだのでは足りなくなる。今日の行きさつは自分の不注意による事であるから、ここであっさり諦めて、早く家に帰る算段をしよう。迂闊《うかつ》に外食の出来ない世の中であると承知しながら人を誘ってこんな目に会った。甘木の食べ終わるのを待って大急ぎで家に帰ったが、半端な麦酒と食物が先に這入っている為、矢っ張りいつもの通りではすまなくて、結局飲み過ぎになり、いい加減がたぴししている私の身体に思わぬ不養生をした。

　そう云う経験があるので、神戸のホテルから花隈へ出かける前に私は心配した。連れの二人はのんきで、飲まない方は自分の分を私にやるから大丈夫だと云い、お酒でも麦酒でも構わぬと云うのは大博士なのであるが、大博士は自分は酒を飲んで麦酒は私にやるから心配するなと云った。御自分は酒を飲んで麦酒の頭割りを人に廻すと云うそんなわけには行かない筈だと云ったが、何そんな事があるものかと云うので、出かける事になった。まだ気にかかるので、一応その家へ電話をかけて貰うと、向うでは矢張りお一人前一本だと云ったそうである。しかし出来るだけ勉強すると云っているから大丈夫だと云うので三人が乗り込んだ。

大博士はお酒を飲み、私は恐る恐る麦酒を飲んだ。なんにも飲まないのは旧稿郷夢散録の中に出て来る私のおさな友達の椎茸のりたけ乾瓢《かんぴょう》さんで、今は神戸の大旦那である。大旦那は忽《たちま》ちサイダーを二本飲んでしまった。ひやひやしていると果して麦酒の二本目が空いた頃から女中が少々六ずかしくなって来た。早く後を待って来いと云っても中中座を起たない。きっと麦酒二本の外にお酒が何本目でサイダーが二本で、と胸算用をしているに違いない。その内にしぶしぶ三本目を持って来たが、丁度その頃がこちらは味の出た盛りで瞬く内にその三本目を飲みつくした。本当ならもうその位でいい筈なのであるが、初めから三本あてがってくれたなら、飲んで行く間に加減も出来たと思うけれど、一本毎に気を遣い、女中に阿諛佞弁《あゆねいべん》してやっと一本ずつ千切る様に貰ったのでは端から消えて行った様な気もする。又独り自分の家で飲むのと違い、話し相手があれば自然駄弁もふるうので気が発して散ってしまう。しかしこう云う時節でもあるから、もうそろそろお仕舞にしなければいかんと考えた。それにはもう一本持って来させて、それをそのつもりで飲み始め、一本を終わる内に虫を押さえてしまおうと決心した。女中にそう云うと知りませんと云う様な顔をしている。まあ頼むと云っても、もう三本召し上がったではないかと云う。それはそうだが特別でもう一本と云う様な事を繰り返したけれど、こちらも一生懸命だから色色尤《もっと》もらしい理窟をつけて口説くので、女中は返答に窮し座を起ってしまった。取りに行ったのでない事はその場の気勢でわかる。困った事になったと考えた。中腹と云う加減である。この儘《まま》では寝つきが悪いに違いない。

御馳走の順序が丁度半分辺りまで進んでいた様であったが、それから後は急にお皿の出廻りが早くなった様である。お膳の上に幾品か並んでいるところへ、もう赤だしの味噌汁が来たらしく、蓋をしたお椀の中からいいにおいが洩れた。そうして別の女中が現われて、おはちを前に控え、いつでもしゃもじを執るばかりの姿勢を示した。

万事休すと思ったが、又私もおなかはすいているけれど、後半の御馳走に箸をつけ、赤だしを吸って御飯をたべると云うわけには行かない。そう云う事をすると、後で足りない丈を飲み足す際に順序をちがえて食べた物が腹の中で邪魔になる。それが邪魔にならぬ迄に飲むには追加の量を倍の倍にも増さなければならない。結局、東京駅のステーションホテルの時と同じ様に同座の二君子が食べ終わるまで私は一服して眺めていると云う羽目になった。皆さんが終わるのを待って早早ホテルに帰り地下のグリルで麦酒を飲んだが、間に時間がたったので矢っ張り少少飲み過ごした。あの時もう一本出してくれて、それから赤だしで御飯と云う順序になっていたら、今頃はもう眠っていられるのにと恨めしく思った。

一体私は、麦酒しか飲めないわけではなく、お酒も永年飲んで来たのであるが、養生の為二三年前から一切お酒を廃する事にした。自分でそうきめて以来自分から杯を取り上げた事はない。ついでに麦酒もやめてしまえば人に迷惑を掛ける事も少いのだが不養生の一つ二つは残しておかないと、必要な場合これ以上の養生に入る事が出来ない。尤も毎日麦酒を自分の定量だけ飲んでいては、その必要な場合と云う場合がきっと間に合わなくなるだろうとも考えている。身体の調子による事であって、いつもそれでいいと云うわけではないに違いないが、私のお医者様は一日二本迄の麦酒を黙認している。お医者は大概内輪を云うものであるから、それにもう一本加えた辺りが私の守る可き限度であると自分で判断した。日本酒をやめて以来私は殆んど欠かす事なく毎日それだけの麦酒を飲んでいる。幸いに今までのところは私の身体がそれに堪えられたけれど、身体よりは世間の風向きが毎日麦酒をそれだけ飲む事を六ずかしくして来た。去年の春頃から段段そう云う事になって夏はどうなる事かと案じていると、近所の酒屋で毎朝醸造会社から罎詰の生麦酒を取って来てくれた。町で飲ませる樽入りの生麦酒は、名前ばかりの生麦酒であって取り柄は生臭いと云うだけの事であるが、酒屋が毎日麦酒会社から取って来てくれる罎詰の生麦酒は冷蔵庫に入れておいても二三日で腐ってしまう。普通の罎詰のラーゲル・ビールとは又別の風味があって、去年の一夏はそれで過ごした。一本が二リットル入りであって、二リットルは一升一合であるから丁度普通の麦酒の三本分に当たる。その大罎を一本あけて、お医者さんは二本までと云ったがまだ一本しか飲まないと考えたりした。

秋になるとまた手に入れるのが楽になって、寒麦酒《かんビール》の味も年年と変りなく、今年の夏になった。今度は普通の罎詰で一夏を過ごす事が出来たが、ただ一日、初夏の一晩家に毎日の数のそろわない事があった。その事を家から電話で知らされて、夕方郵船の帰りに方方をほっつき廻り、何軒ものぞいて見たが結局私の思う通りにはならなかった。餓鬼の様な気持に陥り、挙げ句の果てはそう云う事の為に自分の身体が非常な無理をしたと云う事を感じる。

神戸花隈の宵から十日後にまた神戸へ行く事になった。船で出かけるので船中の事は心配ないが、神戸に上陸して山陽線で下ノ関まで行き門司から新造八幡丸に乗って横浜に帰る途中また神戸に寄港する。その時にはきっと又十日前と同じ事が始まるだろう。

下

本稿タンタルスの「上」が東炎に載ったのは昭和十五年十月であって丁度今から二年前である。寄稿の約束を中途半端で有耶無耶《うやむや》にし編集に手支《てつか》えを掛けた事と思う。しかしタンタルスの中絶は必ずしも私の懶惰《らんだ》の為ばかりではなかった。当時既に世情の遷り変りは烈しくなりつつあったけれど、その後に続く二年を経た今日から顧るとまだそれ程でもない。或は目に見えない所に非常なものが動いていたかも知れないが、世間に疎く苟且偸安《こうしょとうあん》の性根に煩わされて自分の意地や我儘を通す事を先に考えた。麦酒がなければ、ないと云う為になおの事飲みたくなる。本稿の前半はそう云う不心得の記録である。怪しからん話だと云う事は自分にも解っていたので飢渇の亡者タンタルスの名を文題としたのであるが、行文の間に未練が残って、タンタルスを書こうとするのかタンタルスが書いているのか判然しない所がある。渡した原稿が東炎に載ったのを読み、この儘の調子で後半を続けては相済まぬと考えた。それで尻切れの儘中絶した次第である。

二年が過ぎた今日、当時の自分のうろうろしている姿を顧る。歳月の流れの向う岸に重たい麦酒罎を袋に入れてほっつき廻った自分を眺めると矢っ張りタンタルスに違いないと思われる。これから稿を続けるに際し、文中のタンタルスなる自分は決して麦酒罎の袋を手離さない様に、あやまってペン軸に手を触れる如き事のない様厳に戒めるつもりである。

さて前稿の神戸花隈の宵に恨みを飲んだ後、一旦東京に帰ってからじきに又神戸へ出掛ける事になった。旅装と云う程のものはない。学校の教師をしていた当時教科書や閻魔帳を入れて毎日さげて歩いた鞄の中に浴衣と鼻紙と持薬の袋を詰め込んだ。それで身のまわりの物は調《ととの》う。その外にもう一つズックの手携袋を取り出して麦酒を半打《ダース》入れた。野球の道具を入れて行く様な袋であって、中身を詰めて携げれば鞄の恰好になる。中に仕切りがあってその片側に麦酒が三本ずつ這入る。きちんと纏まった荷物になるので重たいけれど持ち物としての始末はいい。元来は古日宗匠の所有物なのだが長い間借りっ放しにしているのでいつの間にか私の物の様な気がし出した。浴衣を入れた鞄と麦酒を詰めた袋とを携えて家を出た。

途中で米川文子女史の家に寄った。米川さんの所の縁の下には業務用の麦酒があると云う事を聞いている。私のさげて来たのは家庭用である。自分で飲むにはどちらでも構わないが、重たい麦酒をさげて行くのは何日か後にまた神戸の花隈で旧友に会う時持ち込もうと云う所存である。持って行ったにしても料理屋の座敷に家庭用の麦酒が列ぶ事はよくないであろう。又帰りにはおかみさんへの心附けとして携行した麦酒の空罎をやって来ようと考えている。その為にも業務用の罎でなければいけない。米川女史は御不在であったが留守の人に縁の下から秘蔵の麦酒を出させて詰め換えた。後で留守居が怒られたかどうかは明らかでない。尤もだまっていれば解らないかも知れない。しかしそう云う入れ智恵はしなかった。

古郷先生が新婚の奥さんを同伴して見送ってくれる。しかも東京駅迄ではない。横浜の埠頭から船内に入り私の船室で一服するところ迄のお見送りである。事の序に鎌倉丸と云う大きな船を奥さんと共に一覧しようと云う趣向も伺われる。当時の古郷さんは学校に勤務し正真正銘の先生であったが、私がこの稿を二年間途切らしている間に日本郵船に入社して本物の社員になった。会社にいて会社の船に這入って行くには別の気持がするであろう。その時は全くの見送り人であり又は見物人であった。タンタルスがうろうろしている内に古郷さんは袖の白墨の粉を払い落としてしまった。

鎌倉丸は午後三時に解纜《かいらん》した。船中で携行の麦酒の袋に用はない。翌日の午過神戸港に著き重たい袋をさげて船から上がった。上屋《うわや》を出ようとする所で出迎えに来てくれた椎茸のりたけ乾瓢に会い一緒に海岸通のオリエンタル・ホテルへ行った。

部屋は前から頼んでおいたのだが案内されて行って見ると向きがよくない。そちらからは風が這入らない。近年になってから神戸へ行く機会が多く、いつも同じ所に泊まるのでそう云う勝手を承知している。案内のボイに談判してその場で部屋を換えさせる事にした。ボイは電話で下の帳場と打ち合わせて別の部屋に案内してくれたが、その時の行き違いで夕方に馬鹿な目を見る事になった。

ホテルにいる間は重たい袋を開ける事もない。洋服箪笥の中にしまい込んで何をするともなく半日を過ごした。

神戸には椎茸の外に手井さんがいる。手井さんは私の教師時代の同僚であり又学生航空のお先棒を舁いだ当時の相棒である。今は神戸に本社のある大きな会社の課長である。その日はホテルで一緒に夕食する約束がある。帳場に来訪客のある事を通じてはおいたが、何も外に用事がなくてただ人の来るのを待っているのは自烈《じれっ》たい。約束の時間を過ぎて外が薄暗くなった。窓に立って見ると港の波がいやに白く光っている。今日はこの辺りの防空演習である。今に往来は真暗になってしまうだろう。

到頭我慢が出来なくなって下の帳場へ下りて行った。私の部屋にはまだ薄明りがあったが階下はすっかり夜である。暗幕を張ってその内側に電燈が煌煌と輝いている。帳場の前に起って部屋の番号と名前を云い掛けるとけげんそうな顔をして内田さんはお出掛けだと云った。昼間見た受附の顔とは違う。今私に応対している顔には私も見覚えがない。時間が来て交替したのだろう。しかし変な事を云われては困る。僕が内田だと云うとお帰りなさいませと云う。帰って来たのではない、部屋から出て来たのだと云ったら、いいえそんな筈は御座いません。お部屋の鍵がここの棚に乗っていると云い張った。鍵はボイが持って来ないからその儘そこにあるのだろう。又自分は人を待って一度も外出しないから鍵のいる事もなかった。その人が余り遅いので心配だから尋ねに出て来たのだが未だ見えないかと聞くと、その方は随分前に入らしたが御出掛けだと申上げたら長い間ロビーでお待ちになって入らっしゃいましたけれど、お歯がお痛みになるとかでお帰りになりましたと云った。昼間から帳場に通じてあるではないかと云って見ても始まらない。承った相手が違っている。引き継ぎがなっていないと云うのも面倒臭い。先方ではこの棚に鍵があるのに本人がいると云うのが不都合だと考えているらしい。鍵は厳然と帳場に頑張っている。それにも拘らず本人が窃《ひそ》かに自分の部屋にしゃがんでいたのが間違いのもとである。ボイが届けなかったのはいけないとしてもその手落ちを以てここに鍵があると云う事実を打ち消す事は出来ない。お気の毒だが非はお客にあると考えている様な顔をしている。手井さんに申訳ない事をしたけれどいつ迄ここに起っていても埒は明かない。

暗くなった部屋に帰って電気をともし更めてがっかりした。腹がへっている筈なのだが、へった様な気がしない。大分たってから一人で食堂に行ってぽそぽそと食べた。

昼間到著した時、最初に案内された部屋の鍵はたしかにボイが手に持っていたが、それから後は何も気にとめなかった。片づかぬ様な不愉快な様な怪しからん様な相済まぬ様な変なものが咽喉に閊《つか》えている。麦酒を飲んでも流れない。業腹だからすぐに寝てしまった。部屋附きのボイがもうお休みですかと不思議そうな顔をした。蚊遣線香に火をつけてベッドの下に入れてくれた。夏来る事が多いのでそのにおいにも馴染みがある。いつもそれで朝までもつのだが、その晩は余り早く寝過ぎたので夜明けに頸や腕を蚊に喰われた。

朝は食堂に行かない。ボイが部屋に持って来た薄いトーストをかじって支度をすませた。ひる前に三ノ宮駅から下ノ関行の下リ急行に乗った。洋服簞笥に入れておいた麦酒の袋を持ち出し、駅では赤帽に託した。赤帽が手を掛ける前に重たいよとことわる。又歩廊の混凝土《コンクリート》にがちゃっと置かれては堪らないから、われ物だよと注意する。車内では給仕がこのお荷物は棚へ上げてよろしゅう御座いますかと聞く。いやいや足《あし》許《もと》でよろしいとことわる。頭の上に乗っていると思うと落ちつかないだろう。それだけの気苦労で重たい袋を下ノ関まで運ぶ事になった。下ノ関のホテルは前から部屋が取ってある。その翌日は新造の八幡丸に上船する。本来ならこんな始末の悪い荷物を遥遥《はるばる》持ち廻らなくてもいいのであるが、今度八幡丸で神戸へ帰って来た時は何日かの碇泊中船中に寝泊りするつもりである。神戸のホテルへ預けておいてもいいけれど、又船から取りに行くのが面倒臭い。何しろ肌身を離さないに限ると考えて汽車の中まで持ち込んだ。

同車の西洋人が向う側の座席から頻《しき》りに話しかける。英語で何か云って来るから止むを得ずその受け答えをしていたが、こちらは全力を竭《つ》くしても中学生の会話程の要領も得ない。暑さは暑し不馴れなお相手でむしゃくしゃした。一体こう云う連中にはずるいのがいて、日本語が解るくせに黙っている事がある。面倒だから日本語で応対してやろうと思う。日本語は解らないと云った。話す事は出来なくても聞けば解るだろう。それも駄目だと云うので、いつから日本にいるかと聞いたら、二週間前に盤谷《バンコク》から来たばかりであって、これから朝鮮を通って哈爾賓《ハルピン》へ行くのだと云った。日本語を弁じないと云う心掛けは悪いが、しかしそれでは解らないだろう。そんな事を話している内に独逸《ドイツ》人だと云う事が判明した。一寸したはずみで今度は独逸語になった。相手は独逸人であって独逸語ですまそうとする。こちらの合わない事に変りはない。ちっとも要領を得ないのに相手は納得したり合い槌を打ったりする。馬鹿馬鹿しいから黙っていようと思う。

通り掛かった車掌をつかまえてここで麦酒を飲む事は出来るかと聞いている。ちっとも埒はあかない。話し掛けて私の方を見ている。麦酒は駄目だと私が云って聞かせた。食堂車にはあるかと問い返す。我我は昼間は麦酒を飲まないのだと云うと感心した様な顔をした。しかしまだ何だかよく聴き取れない事を云っている。咽喉がかわいているのだろう。コップに水を持って来て上げなさいと私が車掌に云った。暫らくすると大きなコップに氷のかけらを沢山入れた水を持って来た。独逸人は非常によろこんでそっと一口ずつ飲んで居る。熱い物を吹き吹き飲む様な様子である。飲まない時は大きな手の平をコップの上に乗せて蓋をしている。

汽車が坂を登って三石《みついし》の長い隧道に這入った。真暗がりになった。天井の電気がともらない。一つ前の車室には電気がついている。デッキの扉の磨《すり》硝子を隔ててその薄明りが見える。身の廻りは鼻を摘まれても解らない。手さぐりで呼びりんを押して見たが車掌も給仕もその辺りにいないらしい。この急行は前日の夜十一時に東京駅をたち、夜通し東海道を走って明るくなってから京都駅で展望車を連結する事になっている。その時電線をつなぐのを忘れたのであろう。暗闇で目には見えないが、煤煙が大変な勢いで吹き込んで来るらしい。鼻の穴がくすぐったくなった。真夏の事だから窓の硝子戸を上げて網戸が下ろしてある。煙は網の目を抜けて顔にぶつかって来る。ざらざらした煙が暗くても肌ざわりで解る。少し呼吸が苦しくなった。今更窓を閉めて廻っても間に合わない。又窓の幅が馬鹿に広いから一枚の上げ下ろしもらくではない。相客の数も少いので、暗闇のところどころに煙を吸っている連中は到底手が廻り兼ねると考えて諦めているのだろう。

隧道の中で下り勾配になったと思うと汽車に勢いがついて両壁の反響が烈しくなった。忽ち隧道を抜けて三石の駅を素通りした。車室内の煙は暗闇で想像したよりもひどい。明かるくなってから暫らくは辺りが見えなかった。窓から吹きつける風で煙が筋に流れた時、向うの席にいる独逸人を見たらさっきのコップを手の平で押さえた儘目をつぶっている。

隧道を出て勾配を駆け下りた儘の勢いで幾つかの駅を飛ばし、二三十年一度も帰らなかった郷里の岡山に近づいた。向うの山の塔の屋根や大川の上の空の色に懐旧の情を禁ずる事は出来なかった。何分間かの停車の間、岡山の土を踏んで見ようと思って車室を出たが、汽車が長過ぎると見えてデッキから降り立った所は歩廊の外れである。

足許が少し坂になっている。起っているには足場が悪い。おまけに歩廊の屋根はそこ迄届いていない。日中の日がかんかん照りつける。真中の方へ歩いて行くのも面倒臭い。二足三足そこいらを歩いて見ただけで又車室に戻った。

それから又何時間か走って広島駅に著いた。本誌の寄稿家の大井征氏がその頃は広島に赴任していた。打ち合わせておいたので停車中に会ったが、ついでに下ノ関まで引っ張って行こうと思ったのは駄目であった。タンタルス上の載っている昭和十五年十月号の雑俎欄《ざっそらん》にその時の事を大井さんが寄稿している。私がひどくハイカラ紳士に見えた様である。大井教授は御自分でもそう云っているが私の見た目にも洗濯屋の小僧の様であった。

又何時間か走り続けて宵の九時に下ノ関に著いた。何しろ腹が減っている。朝神戸でトーストを噛じって以来、三石の隧道で煙を食った丈である。時時分《ときじぶん》に食堂車にも出掛けずおとなしくしていた。宿に著いてからの晩飯が楽しみだからである。酒飲みと云うものはそう云う点で普通の人よりお行儀がいい。山陽ホテルの受附でこちらが口を利こうと思うと前に一人起っているお客の談判が埒があかない。その間じっと後に待っていた。腹の虫が鳴いている。前があいたので先ず食堂の事を聞こうと思ったがもう食堂の時間ではない。バアはあるかと尋ねると、バアはもう閉まったと云った。おやおやと思ってがっかりして、前から部屋が頼んである筈だと云うと、お泊りならバアはまだ開いていると云った。そうしてボイを呼んで部屋に案内させた。ボイに麦酒はあるだろうねと確かめると、麦酒は毎日あるがバアが開いてからじきに売り切れる。余程遅くまである日でも八時まで残っている様な事はないと云ったので又がっかりした。そのつもりで持って来たのではないが、しかし重たい袋がある。袋が物を云う時が来た。

それでは先に風呂に這入る。その間に袋の中のを半分冷やしてくれと頼んだ。バスから出て見るともう用意が出来ている。バアから取って来てくれた御馳走も揃っている。遥遥東京から持って来た麦酒を一口飲んだ。一寸の間にすっかり冷えている。そこに起っているボイがアイスボックスでは間に合わぬと思ったから別に冷やしたと自慢した。三鞭《シャムパン》酒を冷やす様な事をしたのだろうと思った。咽喉を潤おしながらあの袋をさげて来てよかったと云う事を何遍でも心の中で繰り返した。

翌日の夜、昔の学生の城川に見送られて門司から沖泊りの八幡丸に上船した。岸を離れるランチに持ち込んだ袋は半分の重みである。しかし昨夜の空罎はボイに持ち出させて袋に詰めた。そうしないと荷物としての恰好がつかない。

八幡丸に乗ってからは又袋に用はなくなった。船室の洋服箪笥の下に蔵《しま》い込んだ。これから八日間この船に乗った儘である。行先は横浜であるが途中方方に寄り、神戸には三日も碇泊するのでひまが掛かる。

次の日の午後門司を抜錨して土佐沖を通り翌朝神戸に入港した。その夕方椎茸さんの招待で花隈へ上がった。この時の為に重たい袋を携げて来たのであるが、手元に持っているとなるとこの前の様な大袈裟な気持はしない。その座敷にどさりと置いて、安心すると同時に多少は馬鹿馬鹿しいと云う気がした。それから飲んでどうしたと云うのも煩わしい。帰る時に業務用の空罎をみんなやったら喜んだ事は確かである。

内田百閒（うちだ・ひゃっけん）　一八八九〜一九七一　作家

藪二店

池波正太郎

夜半から朝にかけてが私の仕事の時間で、これはもう二十何年もの間の習慣になってしまっていて、どうにもならない。

物を書いて暮せるようになる前の、日中は勤めに出て夕景帰宅し、夕飯のときにのむ酒の酔いを借りて三時間ほどねむり、夜半から明け方まで原稿紙に向かっていた習慣が、もう、身についてしまったのだ。

それでも、五、六年ほど前までは、料理屋や酒場で相当の酒をのんで帰宅した夜ふけでも、二時間ほどやすめば、すぐ仕事に取りかかれたものだった。

が、もう、いけない。

酒は、おそくとも夜の七時までに切りあげてしまわぬと、仕事にかかるときの頭や躰《からだ》に酒が残るようになってしまった。

そういうわけで、不本意ながら、ちかごろは夜の銀座からも足が遠退《とおの》くばかりなのである。それだけ私も年齢《とし》をとったのだろうか……。

けれども、昼の銀座へは一週間に何度も出かけて行く。

各社の、映画の試写室の大半が、銀座に近い。

したがって、外でのむ酒は私の場合、まだ日が落ちぬうちにはじめることになる。

そして、酔って赤くなった顔が、それほどはずかしくなくなってくる夕暮れどき、帰途につくことになる。

となると、のむ場所は、やはり、蕎麦《そば》やということになる。

時には、まだホステスが出勤して来ないなじみの酒場へ行き、バーテンを相手に軽くのむこともあるが……。

いまの私が蕎麦やで酒をのむのは、亡父や祖父や、私が幼少のころに、私の周辺に生きていた親類の男たちの習慣が、そのまま、つたえ残されたからだろうか……。

むかしの、東京の下町に住み暮すものにとって、蕎麦と、その日その日の明け暮れは、

「切っても切れぬ……」

ものだったのである。

それぞれの町内には、かならず二、三の蕎麦やがあったものだし、また、それぞれにうまかった。

大人たちは、銭湯の帰りにも、ふところにわずかでも余裕《ゆとり》があれば、かならずといってよいほど、最寄りの蕎麦やへ立ち寄ったものだ。

「湯の帰りに蕎麦を手繰《たぐ》らないと、よく眠れない」

などという人もいたようである。

私を可愛がってくれた曽祖母も、何かごちそうをしてくれるといえば、蕎麦やであった。先ず、曽祖母は、天ぷらなどの種物《たねもの》をとってくれ、自分はゆっくりと一合の酒をのみながら、

「おいしいかえ？」

などと、はなしかけてくる。

「うん。うまいよ」

仕方なく、こたえる。

実際のところ、どうせ、ごちそうをしてくれるなら、支那飯屋のシューマイ御飯か、洋食屋のカツライスのほうがいいとおもうのだが、曽祖母は、

「肉《ももんじい》なぞ食べると、ろくなことはないよ」

と、私をたしなめた。

維新のころは、大名屋敷に奉公をしていて、殿さまの「御袴《おはかま》たたみ」を受け持っていた曽祖母だけに、万事がこれだった。

私のみのことではなく、子供にとっては、あまり蕎麦が「ごちそう」ともおもえなかったのだが、ともかくも、こうして私たちは蕎麦を、

「食べならわせられてしまった……」

のである。

男と女が、男と男が待ち合せる場所も、蕎麦やが便利だった。そして、どこの蕎麦やも、土間の椅子席の向こうに、入れこみの畳敷きがあり、一つ一つの席が衝立《ついたて》で仕切られてい、蕎麦の香りが店内にたちこめていたものだ。

亡父も、よく、私を蕎麦やに連れて行った。

父は、年少のころからつとめあげた綿糸問屋が倒産してのち、下谷の根岸に撞球場《ビリアード》

を開いたが、どうも、こういう商売は無愛想な父には向かなかった。店を母にまかせ、日が暮れると父は、私を連れて失意の酒をのみに出かける。

それが、きまって蕎麦やだった。

池之端の〔蓮玉庵《れんぎょくあん》〕と、浅草・並木の〔藪《やぶ》〕へ、父はよく行った。

私は、そのあとで映画を観せてもらえるのをたのしみに、黙念と酒をのむ父につき合ったのだ。

*

そのころの、並木の〔藪〕は、現当主・堀田平七郎の父君の代だった。

そして私は、世の中へ出て行くようになってから、しばらくの間は〔藪〕とも〔蓮玉庵〕とも……いや、蕎麦そのものからも遠ざかってしまった。

その後も、戦争が終って、しばらくの間は蕎麦どころではなかったわけだが、復興がすすむにつれ、先ず、外食することができるようになったのは、蕎麦からであった。

そのころの私は、東京都につとめていたが、

「もう、弁当をもって行かなくともすむ……」

ということが、どんなにうれしかったことだろう。

弁当のほうが、まずいというのではない。

東京の町で、ふたたび、食べものやの店が開き、そこへ行って金を払えば、何かが食べられるということがうれしかったのだ。

（日本も、生き返ってきた……）

その実感をのせて、蕎麦が、私たちの目の前へあらわれたのだった。

私は、また、蕎麦になじみはじめた。

それにしても、浅草並木の〔藪蕎麦〕へ、またも足を向けるようになったのは、つい十年ほど前からだ。

浅草が私の生まれ故郷で、むかしをなつかしむということよりも、私の散歩コースに、いまや、浅草は、

「欠かせぬもの……」

と、なっている。

何故か……。

一つだけ、簡単にいうなら、浅草の盛り場の、平日の人のながれはゆるやかで、しかも、六区の中の商店街に面した通りのほとんどが、自動車の通行をゆるしていないからである。

大きな盛り場のうちで、こんな町は、いまの東京の中に浅草のみといってよい。だから、のんびりと商店のウィンドウを見ながら歩けるし、たとえば、むかしの学生さんがよくしていたように、本を読みながらでも道を歩ける町なのだ。

初冬の、鴨なんばんが出はじめるころの、平日の午後の浅草へ行き、ちょっと客足の絶えた時間の、並木の〔藪〕の入れ込みへすわって、ゆっくりと酒をのむ気分はたまらなくよい。

その店構え、飾り気がなくて清潔な店内、むかしの東京をしのばせる蕎麦道具。ここでは決して、民芸趣味の、まっ黒で大きな器を使ったりはしない。あんな器に入った蕎麦は、私など食べる気が消えてしまう。

そして、女中たちの接待もまた、ここは、むかしの東京を偲ばせるに足る。

明治の初年、浅草南元町の蕎麦屋〔中砂〕から発した〔藪蕎麦〕の系列は、神田連雀町の〔藪〕を筆頭に、現在も盛業をほこっている。

日本橋浜町の〔藪〕もその系列の蕎麦やで、私は年に一度ほど、明治座で自分の芝居を上演するときには、

「さあ、浜町の藪へ行けるぞ」

と、それが一つのたのしみになる。

もっとも浜町の〔藪〕では、おちおち酒をのんでもいられない。

芝居の稽古から初日、二日目と、明治座へ通って仕事をする合間に飛び込むわけだから、せいぜい、二本の酒をのむ程度だ。

しかし、蕎麦やへ入ったからには、一本の酒ものまずに出て来ることは、先ずないといってよい。

のまぬくらいなら、蕎麦やへは入らぬ。

いつの間にか、私は亡父に似てきてしまった。

稽古が終ってからだと、浜町の〔藪〕は店を閉めている。

そこで、行きがけに入って酒を少しのみ、蕎麦で軽く腹ごしらえをして、稽古場へおもむく。

私の酒は顔へ出る。

ある歌舞伎俳優には「また、入ってますね」と、いつもいわれる。このため、その人には別の劇場で顔を合せたとき、酒が入っていなくても「また、入っているんでしょう」と、いわれるようになってしまった。

〔藪〕と名乗る店は東京に数多くあるが、連雀町・並木・池之端・浜町の〔藪〕が、いまのところは堀田家の系列ということになろう。

並木の〔藪〕の現当主・堀田平七郎の祖父・七兵衛が、神田連雀町にあった団子坂の藪蕎麦の親類がやっていた店をゆずり受け、料亭風の高級蕎麦をはじめたのは明治十五年前後という。

並木の〔藪〕も、そうした好みをよくあらわしているようにおもう。

浅草・雷門の南方わずかのところにあるこのあたりは、浅草寺の門前町だったところで、むかしむかし、浅草寺の境内からこのあたりまで、桜・松・榎の並木が両側にあったところから、並木町の町名が生まれた。もっともいまは、台東区雷門二丁目だそうな。勝手にしろといいたい。

江戸時代の本を見ても、あたり一帯に料理屋や鰻屋、すし屋、茶飯屋などが軒をならべてい、その中に〔十一屋〕という蕎麦やの名が出ている。

このように絶好な地の利を得ていながら、あくまでも従来の小体《こてい》な店構えをくずさず、じゅうぶんに手をまわした商売をして行こうという、いまのあるじのこころを、私はうれしくおもう。

あるじの実弟で、松竹演劇部制作室のプロデューサー・竹崎竜之助は、毎年、師走も押しつまると、銀座の酒房〔エスポワール〕へ出かける。

老舗の〔エスポワール〕が並木の〔藪〕の年越しそばを客に出すとき、竹崎竜之助は、

「蕎麦に、つきそって来る……」

のである。

平常も〔エスポワール〕の客である彼なのだが、この夜ばかりは裏手へまわり、バーテンたちを指揮して、蕎麦をあげ、蕎麦を洗う。

学生のころには、兄の店で、アルバイトをさせられただけあって、私はこの目でたしかめたわけではないが、手つきは堂に入ったものらしい。

そのときの竹崎竜之助の両眼はきらきらとかがやき、颯爽《さっそう》として蕎麦をあげ、蕎麦を洗う。

この役を、彼がみずから買って出るのも、エスポワールの常客だからというのではない。

彼の家の、家業へ対する誇りが、そうさせるにちがいない。

さらに、年が押しつまり、大晦日となるや、竹崎竜之助は並木の店へ立ちあらわれ、兄をたすけて、年越し蕎麦を食べに押しかける客のために、奮闘をつづけるのである。

そうして一年が終ると、早くも新年の二日には松竹のプロデューサーとして劇場の監事室の椅子におさまり、初日の舞台を監視している竹崎竜之助なのだ。

池波正太郎（いけなみ・しょうたろう）一九二三〜九〇　作家

私と浅草／札幌の夜

吉村　昭

私と浅草

　東京の日暮里町に生れ育った私にとって、盛り場と言えば上野か浅草であった。芝居好きの母に連れられて歌舞伎座に行ったり、新派を観に明治座へも行ったが、それはヨソ行きと言った感じで、父や兄に隣町へでも気軽に行くように連れて行ってもらったのは、上野、浅草であった。殊に浅草は、食べるもの、観るものを十二分に満足させてくれる町で、足を向ける回数が多かった。

　父や兄が連れて行ってくれる時は、円タクをひろって行った。

　戦前のタクシーは、現在の個人タクシーのように個人経営で、料金メーターもついていない。運転手志望の助手が、文字通り助手台に乗っていて、客引きをし、客との料金の交渉もする。家の近くの通りから浅草まで五十銭が普通で、浅草から帰る時、三十五銭で乗ったことも記憶している。

浅草へ行くと、必ずと言っていいほど牛鍋屋に入った。米久、松木、ちんや、今半などの、現在もある店が繁昌していた。店に入ると、履物をぬぎ、下足札をもらって二階へあがる。広い部屋が屛風で仕切られ、それぞれ客が鍋をかこむ形式になっている。牛肉、具の内容も今と変りはないが、現在のように高価ではなく、庶民の食べ物であった。

お好み焼屋に入ったのも、浅草が初めてであった。

その頃、町の駄菓子屋では、もんじゃ焼きと称する子供相手のものがあった。タドンや炭火の上に四角い鉄板が置かれ、小麦粉を水でとかしたものにキャベツ、干しえび、あげ玉などを茶碗に入れたものを、サジですくって鉄板の上に落す。火が通ると、小さなハガシですくって、ソースにつけて食べる。また、もんじゃ焼きと同じどんどん焼きを作って売る屋台車がやってきて、屋台の男が巧みに焼いてくれる。四角く切った新聞紙にのせて、渡してくれるのである。

母は、それらを不衛生きわまりないと言って、決して口にしてはならぬ、と険しい眼をして言っていたが、母の眼をぬすんでひそかにそれらを食べていた。

お好み焼屋で食べるものは、もんじゃ焼き、どんどん焼きと同じであるが、しゃれた店がまえで、出されるものも清潔で、味もよかった。現在のようにごてごてと大盛りにされた無粋なものではなく、ホーローびきのカップに、牛のひき肉、キャベツ、干しえび、さきいか、餡などがそれぞれ入ったものを註文し、鉄板で焼く。客に連れられた芸者や半玉の姿もあった。

天ぷら屋、鳥鍋屋などにも入ったが、店名の記憶はない。

帰途には、雷おこし、人形焼き、砂糖をまぶした南京豆、煎餅などを買って帰った。

中学校に入ると、一人で浅草へ行くようになった。六区の映画街へ行けば、日本映画、洋画の封切館がつらなり、さらに軽演劇、剣劇専門の劇場や寄席がある。六区から仲店通りにかけて、他の地ではみられぬ粋な浴衣などを売っている店をはじめ多くの店が並び、にぎわっていた。浅草は、まさしく東京随一の娯楽街であった。

中学生の私は、タクシーはむろんのこと、乗物など利用せず、家から浅草へ足をはやめて歩いてゆく。下校してから浅草へ行き、夕食時までに帰るので、往復走ることもしばしばだった。熱中していたのは、フランス映画を中心とした洋画と軽演劇を観ることであった。

当然のことながら、食事をする時間的余裕はないし、金もない。それに、当時は、中学生が食べ物屋に入ることは好ましくないとされていたので、そのような店に入ることは控えねばならなかった。

映画街に接した瓢箪池の周囲には、食べ物の屋台がならんでいた。焼きそば、おでん、お汁粉などが売られていたが、私は横眼で見て通りすぎるだけであった。それらの中に、牛めしと牛肉入りうどんを売っている屋台があった。垂れた木の札に二銭とあった。

客が、白い丼を手にそれらを食べている。まことにうまそうで、値段も安いと、一度は食べてみたかったが、屋台に近づく勇気はなかった。近時、吉野家の牛どんというものが現われ、路から店内をのぞくだけだが、瓢箪池のかたわらにあった屋台店を思い出す。今はやりの牛どんは、浅草の屋台の牛めしから発したものではないだろうか、と思ったりする。

中学生であった私は、浅草で食べ物屋に入ったことはなかったが、浅草から家へ帰る途中、立ち寄る店がいくつかあった。必ず通る入谷の町では、よくかき氷屋に入った。冬期は焼芋屋であるが、初夏になるとかき氷屋に変り、ガラスののれんを垂らし、氷と書いた旗をひるがえす。最も安直なものは、砂糖を煮たものを入れたスイと称するかき氷。それより一格上のものがオレンジ、イチゴ、レモンと言った色つきのジュースが入ったもので、さらに氷アヅキもある。私は、縁台に坐って、氷アヅキを満ち足りた気分で口に運んだ。

その他、大きな飯台にゆでたてのエンドウ豆を盛りあげて売っている店があって、一合分の豆を三角錐の形にした新聞の袋に入れてもらって食べながら歩く。塩味がほどよくきいていて、大好物であった。また、手焼きの煎餅屋にも立ち寄り、焼いたばかりの熱い煎餅を買うこともあった。

その時から四十年――

私は、年に七、八回、浅草に足を向ける。数年前までは、妻と年の暮に行ってふぐなどを食べたりしていたが、最近は、息子と娘とその友人たちも誘って、観音様へ初詣でに行く。蔵前に大相撲を観た後、立ち寄ることもある。

浅草に行くのは、酒を飲むためである。そばなら「並木藪蕎麦」「尾張屋」。天ぷらで一杯という時には「藤」「中凌」「天定」。「駒形」「飯田屋」でどぜうを肴に飲むこともある。二十年近く前に会社勤めをしていた頃通っていた「新政《あらまさ》」へも、よく足を向ける。秋田料理の専門店で、落着いた気分で東北の味を味わう。

妻が同道する場合は、仲見世通りで人形焼き、豆の専門店で豆などを買い、「海老屋本店」で佃煮を買う。

昨年、一人で浅草を歩いている時、なつかしいものを眼にした。大きな茶褐色の飯台に湯気を立てたえんどう豆が盛られ、その上に一合枡がおかれている。中学生時代に眼にしたものと寸分変らず、四十年前に身を置いているような錯覚を感じた。

私は店に入り、一合分のえんどう豆を買い、五十五歳という年齢も忘れて口に入れながら歩いた。中学生時代に食べた味と同じであるのが嬉しかった。

浅草を歩いていると、えんどう豆に象徴されるように、戦前の貌《かお》がそのまま残っているのを感じる。空襲で焼きはらわれた町なのに、この町に住む人は変ることのない生活を守りつづけているように思える。

大学生だった息子を初めて浅草へ連れて行った時、

「東京にこんな素晴しい町があるとは思わなかった。別天地だ」

と、しきりに感嘆していたが、その言葉をきいて、私は、若い人たちによって浅草の良さが今後も継承されてゆくにちがいない、と信じた。

札幌の夜

旅行を好むのは、行先でその土地の酒を飲み、食物を口にする楽しみがあるからだ。自分の好みに合った店がある土地へ行くおりは、殊に気持がはずむ。

好きな土地は数多くあるが、札幌もその一つである。数年前までは、探訪よろしくあちらの店、こちらの店と足をふみ入れたが、今ではコースがきまってしまった。

まず、「鶴」といぅ店へ行く。感じのいい夫婦がやっている店で、私の好みに合った店である。初めに竹の器に入った味噌汁が出て、それから升酒を飲む。升の角に塩をのせて飲む。酒は剣菱の樽酒である。

肴は、北海道産のものに限られ、常に季節折々のものが出される。酒、肴のすべてに心がこもっている。いい気分になる。札幌へ来てよかった、と思ぅ。同行した編集者の人を何度か案内したが、帰京後も、

「あの店はよかった」

と、口を揃えて言ってくれる。

「鶴」を出ると、「やまざき」というバーへ行く。経営者の山崎さんは、バーテンダー協会の幹部で、その世界ではバーテンダーとしても人間としても尊敬されている。東京以外に、私はボトルを置いているバーが二店ある。長崎の「マドリード」とこの「やまざき」で、南と北にあるわけだ。

「やまざき」は、山崎さんの性格そのままの清廉な店で、女性も制服をつけ、カウンターの中から礼儀正しく応対する。なごやかでおだやかな雰囲気で、気持がなごむ。中国の珍しい酒や、銘柄も知らぬワインを飲ましてくれることもある。山崎さんは日曜画家で、自作の絵が壁にかけられているが、その絵に眼を向けると、恥かしそうに落着きを失う。それが、面白い。

「やまざき」を出ると、Ｋという女のいる店に行く。札幌の友人の浜中氏に案内された店だ。

　気っぷのいい女で、年齢はきいたことがないが、四十歳は越えているようだ。年に一度、アスパラガスとかイクラなど北海道産のものを、家に送ってくれる。そのたびに礼状は出すが、こちらも重荷になって札幌へ行くと、彼女の勤めている店に、顔を出すことになる。

「草笛」というクラブに二、三年いて、それから「メール」とかいう若い人相手の安直な店の雇われマダムになった。その通知が来ていたので訪れた。

相変らず男っぽい口調で、とりとめもないことをしゃべりつづける。

その頃になると、時刻は十一時を過ぎ、ラーメン屋街でラーメンを食べ、ホテルに帰る。

札幌へ行くと、以上述べた三店をまわることが習わしになり、それで十分満足する。脚部に疾患があり寒気は害があるので、札幌へは夏に行くだけになった。今年の九月初旬にも行ったが、一年ぶりで、来年の夏までは行くこともないだろう。

吉村昭（よしむら・あきら）　一九二七〜二〇〇六　作家

鯨の舌

開高 健

大阪生れで大阪育ちの人間が東京に住むようになると舌がさびしがったりなつかしがったりすることがいろいろとある。通り相場でいえばソバ、ウナギ、にぎりズシ、中華料理、こういうものは東に軍配があがりそうだが、その他のものになると、どうだろうか。夏にトコロテンを肴にしてちびちびと日本酒をすする奇想を教えられたのは東京にきてからのことで、これには感心させられた。しかし、はじめて東京にきたころ、ウドンを食べておどろかされたことがある。醤油でまッ黒のドド辛《がら》いおつゆのなかで煮くたびれたようになってウドンが寝そべっていて、その味のひどさときたらなかった。西のウドンはコブからとった淡白でまろやかなおつゆであるが、あれはヨーロッパのヌードル・スープや中国料理の湯麺などとおなじようにウドンもおつゆも食べてしまうものなのである。ウドンだけ食べておつゆをのこしておくというものではない。それだけの力倆をそなえたおつゆなのであり、そういうふうに作らなければならないものなのである。ときどきウドンをおかずにして御飯を食べている人があるが、十分うなずけることである。西も東もウドンの値はそう大差あるまいと思われるが、おなじ値ならおつゆもウドンものこらず食べられる西のほうがはるかにサービスがいいし、賢くてしかもあたたかいのだといえそうである。

東ではおでんのことをおでんと呼ぶが、西ではどういうものか〝関東煮〟と呼んでいる。これは〝かんとうに〟とは読まず、〝かんとうだき〟と読むのである。東京のおでんには『お多幸』風の濃口《こいくち》と『双幸』風の淡口《うすくち》の二種あって、どちらをとるかはお好みまかせである。おでんも関東煮も、東も西も、いろいろなものをいっしょくたにして煮る混沌が妙味であることはおなじであり、何を煮るかもそう大差がないが、東になくて西にあるのはコロである。西ではコロを鍋にほりこむ店がよくある。これを入れるとダシにコクができ、深くて厚い味が作れるのである。鯨に慣れない東の人にはちょっと臭味があるといってイヤがる人がいるが、ざんねんである。なかには選りぬきのコロをダシとりのほかにそれ自体を煮てだす関東煮屋もある。極上等のコロは海獣独特のあの匂いもなく、イヤな脂のくどさもなく、白く豊満で、そこへいいダシがたっぷりとしみこんだところはこたえられない。

コロもピンからキリまである。これは鯨の脂肪層から脂肪分をぬきとったあとを乾燥させた煎《い》りガラである。〝さらしクジラ〟とか〝おばけ〟と呼ぶのはこれからさらに脂をぬき、匂いをぬきして薄膜状に切ったものであるが、コロにはまだ脂もあり、匂いもあり、味もある。大阪では昔からこれを冬の晩にスキヤキにして食べる習慣であった。鯨の肉そのものもスキヤキにするのだが、コロのスキヤキも安いうえに捨て難い味がある。カチンカチンに乾燥させたコロを一日も二日も水につけて柔らかくし、その際、米糠を使って脂分をいくらかでもぬきとるということをするのだが、それを鉄鍋で水菜といっしょにスキヤキにして煮るのである。きびしい冬の霜をうけた水菜にはホロにがさがあり、それが砂糖、醤油、コロなどとまじって親密な奇味とでもいうべきものを作りだしてくれる。煮るのは火鉢であったり、カンテキ（七輪）であったり、ガスであったりした。そのころはまだ父が生きていて、祖父は壮健な豪酒家であり、越前からきた女中もいて、一家のみんながカンテキのまわりに集ってグツグツとコロが煮えるのを眺めた。霜焼やヒビで荒れた、よくはたらく手に箸を持って母がコロを配ってくれたり、水菜をつぎたしてくれたりした。コロにも水菜にもあったが、そのころは都会の中心にいても季節がひしひしと体感される時代であったので、凩《こがらし》がわたっていくときは軒が鳴り、窓が鳴り、屋根には暗くて鋭くてさびしい、大いなる声が聞えたものである。

鯨の肉のなかでは〝尾の身〟といって尾のあたりにある、ごくわずかの量の肉があるが、刺身にするにしても何にするにしても、まずここがナンバー・ワンであること、食べた人なら百人が百人ともそういうだろうと思う。とろりとしているのにイヤ味もなく、臭味もなく、いい気品がある。他の部分の肉には海獣特有の匂いがあり、それはなかなかダマしたり、おさえたり、化けさしたりすることができず、さいごまでのこるものなので、これは慣れるよりほかに手がない。北海道で私はオットセイの肉やトドの肉を食べたことがあるが、いずれもおなじ匂いがする。餌が生きものの肉に味や匂いをつけることはよくいわれるが、クジラもオットセイもトドも似た条件のなかで暮して似たものを餌にしているから味や匂いが似てくるのだろうか。知床半島の羅臼の町には日本でたった一軒と自称するトド料理専門の小さな店があるが、この店に入ると、壁や椅子までが海獣の匂いがする。この店ではトドの肉を刺身でも食べさせるが、鉄板焼きにしてタマネギやジャガイモなどといっしょに焼いて食べる。くどくてきつい匂いがあるので物珍しさと話のタネに食べていく人が多いようであるが、トドの肉のどの部分がうまいのか、牛や鯨のように部分によってトドの肉も味が変るものなのかどうかは聞き洩らしてしまったから、今度、降海性のイワナのアメマスを釣りにいったときにでもよく聞いてみようと思う。トドはサケやマスやイカや帆立貝など、漁師にとっての貴重品をパクパク底なしに貪食するので憎まれているが、ぶざまな体形のくせに眼も耳も鼻も鋭くて、悪賢く、なかなか仕止めることができないので、いよいよ憎まれる。銃を使うときには一発で仕止めなければならない。仕損ずると海にとびこまれ、しかも死体は浮いてこない。弾音でまわりにいたやつらがみな逃げる。そこで、近頃では、洋弓に矢をつがえて風下からソッと舟でしのびよるという方法でやる。スポーツ・ハンティングとしては最高のものと地元ではいう。

大阪の道頓堀の、日本橋寄りの『たこ梅』が好きで、私は大阪へいくたびに立寄ることにしている。主人の岡田氏は東京へでてくるたびに桜煮のタコや、特製のコンニャクを持ってきてくれる。タコについてはことさらいうまでもないが、いい照りがあってつやつや輝やき、足の芯までしっとりと煮上げ、その淡白な滋味は食べるたびに感動をおぼえさせられる。コンニャクはコンニャクで、昔風に黒いやつであり、プリプリと固いので、刺身にしてもおもしろいものである。コンニャク玉をあまり使ってない今風の白くて水っぽいやつはどうにも貧寒であるが、こういうまっとうなコンニャクを刺身や天ぷらにすると、《無味の味》とでもいうか、禅味があって、私は好きである。岡田氏は親代々の凝《こ》り性で、関東煮の鍋に入れるものはサエズリであれ、カマボコであれ、ゴボ天であれ、何によらず、吟味に吟味したのを使うのである。たとえばゴボ天ならゴボ天で、芯にするゴボウは太くて、固くて、シャッキリと歯ごたえがあり、あの独特の香りのプンとたつのを選ぶし、季節物で赤貝を使ってみようかとなるとみごとな大ぶりで成熟しきった、ムッチリとふくらみきったの、張りきりきったのを選んでくるのである。

いつか東京の『双幸』で酒を飲みつつそれとなくたずねてみると、主人がおでん鍋のゆらゆら湯気のたつむこうで感嘆そのものという顔つきでこういうことをいった。

「……いつか『たこ梅』さんをスパイにいったことがあるんですが、見ていると、ときどき砂糖を手でつかんでザバッとほりこんだりするんですね。何という乱暴なことをと、ハラハラしてくるんですが、それでいて食べてみると、けっしてクド甘くなくて、酒にあうように、ピタリとおさえてあるんです。あれはたいへんな腕です。ちょっと盗めませんネ。脱帽して帰ってきました」

そういう主人の創案したツミレはアジをすり身にしたなかへユズの香りを仕込んだ名作で、この店の目玉である。だから、この場は、さしあたり、名人が名人をこころから讃えているのだということになりそうである。

『たこ梅』は大阪では老舗中の老舗、名店中の名店であるが、全然気どりがないのでとても気持がいい。薄暗くて、小汚くて、狭くて、垢だらけで、傷痕だらけだが、あたたかくて、思いやりがあり、ざっくばらんであり、それでいて深く工夫と苦心がかくしてある。たとえば店が薄暗いのはふつうの電燈を使っているせいでもあるのだが、蛍光燈を使うまいとする配慮からである。蛍光燈の光で見ると人が死人のように見える。水までが褪せてひからびて見える。ソースがカエルの血のように見える。茶碗や皿が乾いて見える。膚がカサカサに見える。店がうちっぱなしコンクリの倉庫か、そうでなければ病院のように見えてくる。何もかもが貧血を起したように見えてくる。

そこで、蛍光燈の光でない光で、よこの客と肩や肘をふれあいつつ眺め、そして食べるサエズリなるものであるが、これはこの店のタコとならぶ目玉である。鯨の舌から脂肪分を抽出したあとの煎りガラを〝サエズリ〟と呼ぶのだが、巨大な鯨の舌にそういうかわいい名をつけたのは誰の知恵だろうか。主人の話によると、この店で使うのは日本の近海でとれた鯨のサエズリであるが、脂をとったあとのやつを北海道の厚岸あたりで冬の風と寒気で乾燥させたのがいちばんおいしいのだそうである。カチンカチンに乾燥したのを水でもどしてからコマ切れにして串にさしておでん鍋で煮る。水にもどすまえのを見せてもらうと、ふつうのコロとそっくりである。爪でギュッとおしてみると、ジワジワと脂がにじんでくる。すでに母船や工場で脂肪分をぬきとってしまったはずなのにまだそれだけ脂がでてくるのだから、生きているときの鯨の舌はかなりのものと想像したくなる。タンシチュウにする牛の舌にはそれほどの脂肪分はないのではあるまいか。

　しかしサエズリもひとつだけの味ではない。舌の表面、中層、根に近いところと、一枚の舌でも部分によってずいぶんいろいろなちがいがあるものだと、食べているうちにわかってくる。香ばしいところ。歯切れのよいところ。クニャクニャと嚙み切りにくいところ。脂のあるところ。ないところ。筋のあるところ。ないところ。それぞれのコマ切れをほどよくまぜて一本の串にさすのである。よく煮られてダシのしみこんだサエズリの味を文字に変えるのはたいそうむつかしく、ほとんど不可能を感じさせられる——すべての〝味〟や〝香り〟がそうであるが——。奇味。怪味。魔味。珍味。いろいろと風変りでしかもうまいものを表現する言葉をまさぐりたいが、子供のときから鯨をいろいろな料理で食べ慣れてきた私には珍しさよりも親密さがあって、もし一串のなかで香ばしくて淡白な脂のあるコマ切れに出会うと、滋味、潤味という言葉を選びたくなるのである。マ、論より証拠である。大阪へいったら一度お立寄りください。道頓堀を、角座や中座を右に見てとろとろといくと、ちょっとさびしくなりかかったあたりに『たこ梅』と、そっけないネオンのかかった家があり、おもてに古い常夜燈がだしてある。その家である。いつも満員で順番を待つ人が壁ぎわにズラリとたっている。グツグツと煮えるおでん鍋のむこうに中年で浅黒い顔をした、ダシのよくしみたような艶《つや》ぐあいの頰をしたおっさんがムッツリとたっているが、それが主人である。

「夏のさかりにおでんをたいてるひともいるねんなア」

ためしにそういうと、主人は、ムッツリと

「食べたいちゅうやつもいよるワイ」

柔らかく憎まれ口をきく。

年がら年じゅうやっている。真夏のさかりにも、師走の大晦日にもやっている。いついっても味が変らない。店のおもての常夜燈も、店のすみの橋の擬宝珠も変らない。

「お酒」

というと、錫の大徳利で黒松白鹿をだしてくれる。タコ、サエズリ、ゴボ天、ひろうす、小芋、竹輪、カマボコ、棒天、赤貝、鳥貝、アオヤギ、秋ならマツタケ、冬ならカキ、ほどよく煮えたそれらにピタリとあうのがその酒なのだ。その酒にそれらをピタリとあわせてあるのだ。おたがいに邪魔をさせあわないようにしてあるのだ。主人はムッツリとしているが、肩がそうつぶやいている。

文藝春秋社の樋口氏がこの店に惚れこんで東京の作家たちに紹介したので、吉川英治、獅子文六、小林秀雄、吉田健一、今日出海といった人たちがよく食べにきたし、いまでもときどききている。東京の人にもこの家の西の味は完全にうけ入れられるわけである。私自身、祖父、父とつづいて私で三代めの客ということになるが、ゆらめく湯気ごしに酒を飲みつつ眺めていると、ときどき、祖父、父、孫の三代そろった客の一組、二組が仲よくならんで串を横ぐわえにしているのを見かけるが、ほほえましくなってくる。こういう店は食いだおれの大阪でもほんとに少くなってしまった。大阪生れで大阪育ちのはずの私がしばらくごぶさたしてから大阪へいってみると、もうわからなくなって、地下鉄に迷ったり、地下街で迷ったりしてしまう。大阪へ〝帰る〟というよりは、〝いく〟というぐあいになってくる。いまもすでに〝大阪へいってみると〟と書いた。訂正しようかと思ったが思いなおしてそのままにしておいた。大阪は帰る故郷ではなくて、いく町になってしまったのである。キザないいかたで恐縮だが、変らないということからくるなつかしさなら、ときどき、パリのほうがはるかに濃く感じられることがある。あそこでは、ある町角のパン屋のおかみさんは五年後にいっても、十年後にいっても、昨日のようにおなじ窓のうしろにたって笑っている。ホクロのようにうごかないのである。変らないのである。

だから『たこ梅』は貴重なのである。

開高健（かいこう・たけし）　一九三〇～八九　作家

「ままや」繁昌記

向田邦子

おいしくて安くて小綺麗で、女ひとりでも気兼ねなく入れる和食の店はないだろうか。切実にそう思ったのは、三年前からである。仕事が忙しい上に体をこわしたこともあるが、親のうちを出て十五年、ひとりの食事を作るのに飽きてくたびれたのも本音である。

生れ育ったのが食卓だけは賑やかなうちだったこともあり、店屋ものや一汁一菜では気持までさびしくなってしまう。かといって、仕事の合間に三品四品おかずを整えるのは、毎日となるとかなりのエネルギーが要る。

吟味されたご飯。煮魚と焼魚。季節のお惣菜。出来たら、精進揚の煮つけや、ほんのひと口、ライスカレーなんぞが食べられたら、もっといい。

たまたま植田いつ子、加藤治子、澤地久枝のお三方とこのはなしになったところ皆さん同じ悩みを持っておいでということが判った。

「手頃な店はないものかしらねえ」

一緒にため息をつきながら、私は、気が付いた。

「自分で作ればいいじゃないか」

私は飽きっぽいたちである。

「何かいいことないか子猫チャン」という映画の題名があったが、あの仔猫をドラ猫に変えれば私のことになる。人間の出来が軽薄なのだろう、「この道ひと筋」という執念がなく、七年もたつと、新しいことをはじめたくなる。映画雑誌編集者から週刊誌のライター、ラジオの構成物の書き屋と替ったが、この十年はテレビドラマ一本槍でおとなしくしていた。

おかずを作るのに飽きたのなら、おかずの店を作ればいいのである。

幸か不幸か、我が家は食いしん坊と同時に、嫁《ゆ》き遅れの血統もあるらしく、末の妹の和子が適齢期を過ぎたのに、苗字も変らずに居る。この妹を抱き込んで、店を出そうと決心した。

妹は、火災保険の会社に勤めるOLであったが退職し、一年ほど前から五反田で「水屋」という小さな喫茶店をやっていた。どうにか常連の客もつき、女ひとり食べてゆくのに不安はなさそうだったが、場所が大通りから離れていることもあって、活気という点では、いまひとつ、面白味がないように思っていた。

「素人の泥棒は安全度を目安にするけれど、プロの泥棒は危険度で計るっていうわよ」

我ながら詭弁で妹をたらし込みながら、私は昔祖母が口ずさんでいたドンドン節を思い出していた。

〽どうせなさるなら、でっかいことなされ
青空たたんで洟《はな》をかめ
もし成らなきゃダイナマイトドンドン

料理好きで、ひと頃日本料理を習いに行ったこともある妹は、ゆくゆくはそういう店をやりたいと思っていた、と乗ってきた。

ところで、わが一族は、大体が勤め人の野暮天揃いで、水商売は一軒もない。母方に雑貨屋と石屋があるきりである。遅まきながら実地に修業して「いらっしゃいませ」の感覚を身につけてもらわなくては、と考えた。

妹を仕込んで下さったのは青山の「越」である。六本木と赤坂、青山に支店を持つ「越」の社長月森氏は、面倒見のいい方で、

「女の子扱いしないけど、やれるかな」

と言いながら、レジスターからお運び、終りの一時期は板場にも入れて頂いた。

妹はここで十カ月ほどお世話になった。

末っ子のせいか甘ったれで、どちらかといえば不愛想だった妹の電話の声が、この間に別人のように愛想がよくなった。

赤坂に十五坪の出物があると知らせが入ったのは、この一月末であった。

その前に六本木表通り角の靴屋の地下に、十二坪の居抜きのはなしがあったのだが、これは見送っている。

理由は、この道五十年というベテラン不動産屋の、

「履物屋の下の食べ物商売というのはねえ」

というひと言と、その頃、私の知人の間で起った二件の酒の上の転落事故である。

万一の時、寝覚めの悪い思いはしたくない。

その点、赤坂は一階である。場所も広さも申し分なかったが、その代り権利金もいいお値段であった。これだけで、予算をオーバーしている。

しかし――「店は場所である」。

ローンを払い終った私のマンションを抵当に銀行融資の話もまとまったことだし、思い切ってここで勝負してみようということになった。三月一日大安吉日を選び正式契約。設計は高島屋設計部。工事は北野建設が引受けて下さった。

私は担当の方に三つのお願いをした。

火、水、煙（空気）の基礎工事に関しては、予算を惜しまないで下さい。その代り、内装はケチって、その分センスでカバーして下さい。

カウンターや椅子の高さを低目にして下さい。

十代二十代のお若い方は別として、我ら中年には、リビングの家具もオフィスの机や椅子も少し背が高過ぎる。くつろぐためには、思い切って低目にしたかった。

デザインの平松健三氏は、これらの注文をみごとにこなして下さった。倉敷風の白壁にべんがら色の「のれん」だけがポイントのシンプルな日本調である。細長いウナギの寝床なので、従業員の更衣室は犠牲になったが、カウンター八席。四人のテーブルが三つ。奥に人数の融通の利くテーブルが二つ。定員二十八だが詰めれば三十二人は入る。従業員は妹と板前さんとあと三人。

店の名は「ままや」。

社長は妹で私は重役である。資金と口は出すが、手は出さない。黒幕兼ポン引き兼気の向いた時ゆくパートのホステスということにした。

「ままや」のレタリングとマッチのデザインを決め、瀬戸へ食器の買いつけにゆく。大料亭ではあるまいし、吹けば飛ぶような小店で、わざわざ出かけるのは気恥ずかしかったが、もともと陶器は好きで、一度、窯場を見たいと思っていたのと、気分を出したかった、というのが本当の気持であろう。瀬戸の方々のあたたかいもてなしは、これから始める新しい仕事への期待とダブって、思えば、一番楽しい時期であった。開店の引出物用に、箸置き一万個をびっくりするようなお安い値段で分けていただけたのも、順風満帆のしるしと思われた。

ところが、帰ってみればこれいかに。工事が全然進捗していない。床をハツって（引きはがして）みたら、もとの配水管に難があるという。喫茶店やバーなどのドライ・キッチンなら問題はないのだが、水使いの多い小料理屋のウェット・キッチンには問題があるというのである。あれほど念を押したのに今更そんなと絶句したが、契約をしてからでなくては、床はハツれないのである。専門家にタッチしてもらっていても、こういうハプニングが起る。徹底的にやり直すための費用、開店日の遅れをめぐって、かなり緊張したやりとりがあったが、関係者の誠意で、どうにか落着した。

開店は予定より一月遅れて五月十一日となった。

　おひろめ

　蓮根のきんぴらや肉じゃがをおかずにいっぱい飲んで　おしまいにひと口ライスカレーで仕上げをする——ついでにお惣菜のお土産を持って帰れる——そんな店をつくりました　赤坂日枝神社大鳥居の向い側通りひとつ入った角から二軒目です　店は小造りですが味は手造り　雰囲気とお値段は極くお手軽になっております　ぜひ一度おはこびくださいまし

案内状の文面である。

開店当日は、みごとな大雨であった。

しかも、開店時刻の午後五時には、暴風雨である。それにしても、客が入らない。本日開店粗品差し上げますの看板は、雨に打たれているとはいえ、入口には、スターさんたちの生花が飾ってあるのに、みな、店内をのぞくだけで通り過ぎてしまう。入りにくいのかしら。デザインがモダン過ぎたのか。従業員の手前、ニコニコしていたが、気持はこわばってきた。素直な気持で表から見てみよう。傘を持って外へ出てアッと叫んだ。

「準備中」の白い札がかかっていたのである。

外したとたん、どっと客が入ってきた。あとはもう、何が何だか判らない修羅場であった。

半分は縁故関係のお祝儀の客としても、大入り満員は嬉しかった。ところが、思いがけないことも次々と起ったのである。

まず、人間の熱気と、店内の乾燥のせいであろう、大皿盛りのお惣菜が、乾いてしまう。カウンターの上に、肉じゃが、きんぴら、レバーのしょうが煮などの、すぐ出せるものを大皿盛りにして並べたのだが、これが見ている間にしわが寄り固くなってゆくのが判るのである。閑をみては、浸け汁をかけるのだが、立てこんできては、そんなゆとりはなくなる。

　乾いたものは、もうひとつある。どうしたわけか伝票サイン用のボールペンが一斉に出なくなった。もっと困ったのは、手違いでレジスターが間に合わず、ソロバンで計算をしたのだが、これが、レジの湯沸し場のそばのせいか、しめり気で、ビニールのソロバン玉がくっついてしまい、一つ上げるつもりが、二つ三つ、一緒になってラチがあかない。文房具店が仕舞ったあとなので、近所の酒屋さんにかけ出して、電卓を拝借して急場をしのいだ。

　初日にごはんが足りなくなったことも、あわてたことのひとつであった。「お代りご自由」「ふりかけつき」は当店の売りもののひとつである。「ままや」にままがありませんでは落語にもならないが、あればといですぐ炊いても五分十分で間に合うものではない。妹は、ボールを抱え、目を釣り上げて、お隣りの焼鳥屋の「わか」さんに馳け出した。若旦那は、こころよく新米ママに、ままを貸して下すった。

　九時すぎ、やっと雨もやみ、一見《いちげん》のお客も入って下さる。ほっとして表をみたら、開店祝いの花を抜いている人たちがおいでになる。

　おもてへ飛び出して、丁重におとがめしたところ、逆ネジをくってしまった。「開店の花を持ってゆかれるのは、商売繁昌のしるしである。有難いと思ってもらわなくちゃ」

仏さんのお花にしようと、赤いバラを抱えてゆくお年寄りや、少しお酒の入った女性方に、この方たちも、いずれはお客になる方かも知れないと思いながら、そんなしきたりは初耳の私は、ただびっくりするばかりであった。花は、閉店前に、スターたちの名札を残して、みごとに丸坊主になってしまった。

こんな調子で書いてゆくとキリがないのだが、ＯＬや主婦の間に、しゃれた和食のお店をやってみたい、という方がかなりおいでになると聞くので、私たちのささやかな体験と失敗をもとにした、これだけは、知っておいた方がお得ですよ、ということを書いてみる。

・冷蔵庫は大きく器は小さく

うちも冷凍冷蔵庫は特註だが、もっと大きくてよかった。その代り、食器は少し小さめの方がよい。私は、なまじ陶器には目があるとうぬぼれて、自分好みの食器を選んだが、失敗もあった。肉じゃが用の平鉢は、家庭用にはよいが、急いで運ぶ商売用となると、中でじゃがいもが運動会をしてしまう。小料理屋の器が底すぼまりの小鉢が多いのは、だらっと広がらず、はっきりいえば、少しの量で、盛《も》り映《ば》えがすることにある。もうひとつ、軟陶《なんとう》は、持った感じは、やわらかくあたたか味があるが欠け易いのが難である。家庭用と商売用は全く違うのである。

・資金より人脈を作るべし

店を作るのは、お金ではない。人間である。これは骨身にしみて判った。一人や二人の力では、逆立ちしても、店をオープンさせることは出来ないのである。資金は銀行が貸してくれるが、人脈を貸してくれるところはどこにもないのである。

幸い私たちの場合は、妹のもとつとめていた会社の上司同僚方が、心からのごひいきをして下さった。私の仕事仲間や友人たちが、つてからつてをたどって、デザイン、宣伝から、客引きまで引きうけてくれた。日頃は口げんかの多い弟や嫁いだ妹やその連れ合いも応援してくれ、「兄弟《けいてい》ニ友《ゆう》ニ夫婦相和《あいわ》シ」は、商売を始める時は、殊に大切であることを思い知った。

それにしても、私は、ついおととし、整理してしまった抽斗《ひきだし》いっぱいの名刺と、三年分の年賀状が残念でならない。店をはじめると知っていたら捨てるんじゃなかった。

一人が二人、二人が四人、ガマの油ではないが客が客を連れてきて下さるのである。とにかく、三年五年前から、そのつもりで、つきあいをよくし、交友名簿の整理につとめることが大切である。

・ごみの置場に気をつけよ

「ままや」は、前しばらく空いていたこともあるのだろう、店のすぐ脇が、ごみ置場になっていた。路上にごみを出すことになっている以上、どこかに置かなくてはならないわけだが、食べもの商売の前にごみは有難くない。三ヵ月おきに場所を代るか、もう少しキチンとして出していただきたいと切に思うのだが、これも避けられたらこれに越したことはない。夏場の夜更け、スプレーを掛けに私は何度も表へとび出した。

・一にも健康二にも健康

店をやるには愛嬌も度胸も大切である。しかし、もっともっと大切なのは健康である。どんなにくたびれても、笑っていられ、最悪の場合には、仕入れから板前さんの代理、はては床みがきご不浄の掃除までする体力がなくては、店はやれない。はたから見れば、しゃれているし、面白そうだが、「たわむれに店はすまじ」である。汚ない仕事である。くたびれる商売である。それでもやれる体力と覚悟がなかったら、しない方がいい。

・実際にやった人に聞くこと

やりたい店と同じくらいの規模の店をみつけて、そこの人間に徹底的に聞くことである。私たちの場合も知らないための労力とお金の無駄がかなりあった。

はじめて四カ月。

雨の日も風の日もあったが、思いがけずお客がつき、おかげさまで、まだ大の字はつかないまでも、繁昌している。

黒幕とはいえ、「いらっしゃいませ」という立場に立ってみた時、私はこの二十五年、こういう店の客として、何と心ないことをしてきたことかと、反省させられた。

見ていると、この人は、店をやっているな、というお客は、気の遣い方が違うのである。立てこんでいる時、手のかかるものは頼まない。必ず、小声で礼を言う。下げ易いようにさりげなく片づける。混んでくると、すすんでカウンターに移動して下さる——こういう心遣いがどれほど店の人間にとって嬉しいか、やった人間でなくては判らないであろう。

それにしても、夜原稿を書いていて店が気になって仕方がない。雨の日は特にそうである。ホステスとして出勤しようかなとウズウズする。ベンチを出たり入ったりする長島監督の気持がよく判るようになった。

向田邦子（むこうだ・くにこ）　一九二九〜八一　作家・脚本家

ほろ酔いの背に響く潮騒

安西水丸

酒を飲める歳になってから、いろんなところで酒を飲んだけれど、行き着くところはやはり居酒屋だった。子供の頃は、酒屋なんかで乾きものをつまみにコップ酒を飲んでいる大人がどこかよたって見えたが、今はなんとなく憧れている。
酒飲みというのは奇妙なところがあって、大雨の時などにかぎってガード下の赤ちょうちんに出かけたくなったりする。大雪の日なども同じだ。シケた気分がどうも好きなようだ。

ぼくは日本料理というか、魚介類で飲むのが好きだ。海辺の町の、ちょっとささくれ立ったカウンターで飲む酒はいい。阿久悠さん作詞で、八代亜紀さんが歌ってヒットした「舟唄」、肴はあぶったイカでいい、といったまさにあの気分をこよなく愛している。

海辺というわけではないが、時々地方を旅していて、狭いカウンターだけの居酒屋にひっそり入って飲んでいると、酔うにつれ、入口の引き戸を引くと、目の前は真っ暗な海で、雪が横殴り降っているような錯覚に落ち入る時がある。

ぼくは少年時代をほとんど南房総の千倉ですごしている。当時は子供だったのでどこに居酒屋があるとか、少しも興味がなかったが、この頃は千倉に行くと、きまって港近くの居酒屋に出かけていく。千倉館という旅館にいつも泊るのだが、そこでの夕食の後、港の方へと坂道を下って行くと、すっかりあたりは闇に包まれていて、港周辺の居酒屋の灯りがちらりちらりと見えてくる。この風景がまたたまらなくいい。

千倉に行くとよく顔を出すのが「串味」という居酒屋だ。まだ若い夫婦（主に奥さんがやっているが）がやっていて、この二人が房州気質というかとても気持がいい。ここでぼくが好きなのはクジラのタレで飲む酒だ。クジラのタレというのは、葉書大ほどの、薄く切ったクジラの干物のことで、これをミディアムに焼いてもらい、醤油をさらりとかけて食べるとたまらなく酒に合う。

「串味」では、いつも仕事を終えた土地の若者たちがわいわいやっていて、そんな彼らの言葉が子供の頃を思い出させてくれて懐しい。

「串味」にはクジラのタレの他、季節によってさまざまな酒の肴が揃っている。初夏ならマンボ、夏ならばサザエやアワビ、また外房の料理としてよく知られているサンガなどはいつでも食べることができる。

ほろ酔い気分で、暗い夜道を宿へと帰るのだが、追いかけるようにして潮騒が背に響いてくる。海辺の町、漁師たちの町ならではの情緒だろう。好きだなあ、こういった気分は……。

特別な観光地とちがって、千倉のような、海を生活の糧としている町には、当然のように飲み屋街などというものはない。酒を飲むなら自分の家で料理するといった考えが強い。多分昔からそういった町だったのではないかとおもう。町にこれといった料理屋がないのもそのためだろう。だからこそ数こそ少ないが気のおけない居酒屋が土地の人たちに愛されているとも言える。家では口にできないことなどを、そんな場でわいわいやっているうちに愚痴も冗談のようになってくる。

酒飲みにとって、居酒屋ほど気分の落ちつくところはないだろう。ただし一つだけ気をつけたいことがある。妙に馴れなれしくならないことだ。これは客も店側もお互い気をつけたいものだ。居酒屋での、シケた気分はやはり大事にしたいとおもう。

安西水丸（あんざい・みずまる）　一九四二～二〇一四　イラストレーター

新宿飲んだくれ／焼酎育ち

田中小実昌

新宿飲んだくれ

この何年か、たいてい新宿で飲んでいる。新宿で飲んでても、おなじところで、おなじような顔ぶれにあうことがおおく、まったく進歩がない。おそらく、小説を書いたりするのにも、トクにはなるまい。

しかも、新宿のごくせまい範囲を、ぼくはふらふら飲んでまわっている。

新宿区役所通りの、区役所をこした、すこしむこうのあたりに中心をおくと、半径五十メートルぐらいのせまい範囲で、新宿・花園の路地と、歌舞伎町の一部がはいる。

この半径の歌舞伎町のほうの、いちばんはしは、「まつ」だろう。「まつ」のミイ子は、店では、いつも着物をきている。ぼくが飲む店で、キモノを着てる女がいるのは、「まつ」ぐらいのものだ。

だから、ミイ子は大根足かなんかで、キモノでごまかしてるのかとおもったらおおまちがい。昼間はスカートをはいている。スカートからでた足は、すんなりカッコいい足だった。

ミイ子のうちは三階があり、ここはユーレイがでる。それも、首とか手とかお尻とか、部分品のユーレイだ。

「まつ」から直線で十五メートルぐらいのところに、「かくれんぼ」がある。「かくれんぼ」の女のコで、色がしろく、化粧をしないでバッチリきれいなコがいるが、柿のタネをかじっていて、前歯がかけたときいたので、からかったら、おこられた。

「柿のタネじゃないわ――ポテト・チップよ」

ここから、また直線で二十メートルほどのところに「小茶」がある。「小茶」のマグロの刺身はぶっとい。ま、日本一だろう。ひときれだけで、よその店の一人前ぐらいある。こんなのが、大きなお皿にどかっとくる。

「小茶」は、年中休みの日がない。元旦もあいている。だからといって、なにも元旦の夜まで飲みにいくことはあるまいとおもうが、つい、ぼくは「小茶」にいっちまう。

新宿区役所裏の「ダック」もおかしい。昨夜《ゆうべ》、「ダック」にいったら、カウンターに女のコが、ずらっとならんでいた。お客の女のコだ。ぼくが、そのうしろにスツールをもってきて腰をおろすと、お客の女のコが、ふりかえっては、ぼくの口のなかに南京豆をいれ、ジン・ソーダを飲ませてくれた。

大男のオランダ人のヤンが、「ボディ・ランゲージ……」とくりかえしながら、ほかの女のコを口説いている。ボディ・ランゲージとは、コトバはつうじなくても、おたがい、からだでおしゃべりしよう、ってことらしい。

この前の日曜日、ぼくは、「ダック」で金髪の女のコとキスした。しかし、よくしってるコなのだが、だれだかおもいだせない。

新宿・花園の入り口には、「ゴールデン街」というアーチがかかってるが、ここは組合が二つあり、「ゴールデン街」は入り口のほうはんぶんで、総称としては、やはり、花園だろう。

花園は、もとは青線だった。そのころのちいさな青線の飲屋の店が、今でも、びっしりならんでいる。せまい花園の路地だが、ぼくが飲んであるく店は、もう数えきれないくらいだ。

入り口の路地から、「パール」「クララ」「桂」「唯尼庵《ゆにあん》」「花の木」、つぎの路地の

「あんよ」「くろ」。

この前の前の日曜日、「唯尼庵」のおキョは店をあけ、「これから、毎週、日曜日もやるからね」と威張ってたが、その日曜日きりだった。おキョは、糸切歯がカミナリのコドモみたいにかわいい女だ。

「モンQ」も忘れちゃいけない。ここのマスターのシュンさんは、くろい濃いおヒゲに、やさしい目をしている。だから、女のコと飲むときは、シュンさんのいる「モンQ」にいく。キモノをきた気どった女のコで、「モンQ」の階段からすべりおちたコがいたっけ。

花園の奥のほうの路地にある「あり」のママのヨウ子さんとは、ぼくは来世を契っている。今世は、ヨウ子さんのスケジュールがいそがしくて、ダメなのだ。来世では、ヨウ子さんは、十八の処女で、ぼくのところにくるという。

だけど、十八歳の処女なんて、なんだかもったいないし、取りあつかいもわからないので、とことわったら、ヨウ子さんは、ぺらぺらっと手帳をくり「じゃ、二十六歳で……」と言った。来世も、そうとうに、スケジュールが混んでるらしい。

おなじ路地にある「まえだ」のママはおっかない。じろっとにらみつけて、口をきかないこともある。それで、ぼくは、ちいさな声で言う。「あの、ブドウ酒、すこしクラサイ」。

すると、「まえだ」のママは一升びんのブドウ酒を、ドデーンとカウンターの上におく。

「飲みたきゃ、てめえでかってに注いで飲んだらいいだろ、え」

花園では、青線だったころの女《ひと》たちが、今でも、店をやっている。それが、あんがいとみんな若く見えるのだ。だから、青線のときは、まだ十六や十七ではなかったのだろうか。

こういった女たちの店では、エッチなはなしなんかはしない。かといって、ぼくは競馬のはなしはできないし、「コミさん、昨夜みたいに酔っぱらってどなったりしちゃダメよ」なんてお説教をききながら、飲んでることがおおい。

焼酎育ち

昨夜は、湯島の「赤ちょうちん」で酎ハイを飲んだ。「赤ちょうちん」は湯島の交差点の近くで、不忍池のすぐそばにある。昔からの友人の町田さんという人がやっている店で、いつも混んでいる店だ。

酎ハイというのは、下町では、ごくふつうの飲物で、焼酎に炭酸を割る。だから、もともとは透明だ。これに、その店独特のフレーヴァーを、ちょっぴりいれる。これは、風味《フレーヴァー》つけとともに色づけでもある。

三ノ輪の「中里」では、琥珀色のフレーヴァー、北千住の「源氏」ではブルーのフレーヴァーといったぐあいだ。

昨夜、「赤ちょうちん」では、すこしライムをたらして、レモンの輪切りがはいっていた。

いまでは、その店でつくったフレーヴァーではなく、レモンやライムのジュースをいれる店もおおい。こんな店では、ぼくは、ライムはすこし甘いので、レモンのジュースをいれてもらっている。

レモンの実を、はんぶんぐらいにしぼりこんでいるぜいたくな人もいるが、ドロボーでもやってるのかしらん。

湯島の「赤ちょうちん」の焼酎は、「だるま焼酎」だ。

「だるま焼酎」の名前はなつかしい。

「だるま焼酎」は広島県の焼酎だ。ぼくは、昔の軍港町の広島県呉市でそだった。ぼくの家は、軍港をはるかに見おろす山の中腹にあり、山の尾根までミカン畑やイチゴ畑もある庭がつづいていたが、山の尾根にでると、そのむこう側の段々畑のなかに、この「だるま焼酎」の大きな立看板があった。だという一文字だけで、タタミ八畳ぐらいはある大きな看板だ。

そのほかに、「ダイヤ焼酎」という大きな立看板もあった。どちらも、関西方面では有名な焼酎だ。呉市は軍港町で海軍工廠もあり、そのころは人口もおおく、焼酎の大消費地だったのだろう。

湯島の「赤ちょうちん」をでて、ほんの一、二分あるくと、不忍池にでる。池之端とは、ちょうど不忍池の反対側になるあたりだ。不忍池は蓮の葉や茎が枯れて、茶色になっていた。そのあいだを、なにかうごくものがある。やがて、それが冬枯れの蓮とおなじような色の鴨だとわかった。一羽鴨が目につくと、また一羽、冬枯れの蓮のあいだをおよいでいるのが見え……無数の鴨がいるようだ。

浅草では、クマさんの店の「かいば屋」で酎ハイを飲む。浅草といっても、浅草千束の猿之助横丁だ。昔、歌舞伎役者の市川猿之助の家があったのだろう。しずかな花街で、ぽつんぽつんと上品なスナックなどもある。

クマさんも、まえからの友人で、大ノンベェだ。ノンベェが飲屋をやれば、飲みつぶしてしまうんじゃないか、と心配したが、ちいさな店だけど、なかなか繁昌している。

浅草でも、すこしはずれた、しずかなところだし、クマさんの「かいば屋」の客は、わざわざやってくる常連ばかりだ。

ぼくだって、東京の街を、ほぼ南北によこぎってくるのだし、俳優の殿山泰司さんは赤坂のマンションからお出かけになる。作家の都筑道夫さんは中野からで、都筑さんが「かいば屋」にくると、クマさんははしっていって、近所にある佃煮の老舗「鮒金」から、うぐいす豆を買ってくる。都筑さんは、うぐいす豆をサカナに飲む。

もっとも、毎日かよってくるような常連は、ちょっとはなれたご近所といったぐあいで、若手落語家の五街道雲助さんも、なんどか「かいば屋」で顔をあわせたが、彼は両国の寿司屋の息子だ。

「かいば屋」の酎ハイは宝焼酎で、その一升壜を、クマさんは床から片手でもちあげて、ビールの中ジョッキほどのでっかいグラスに、どくどくっと、正一合はたっぷり注ぐ。

それに、客の好みによって、ライムかレモンのジュースをいれ、炭酸の壜の栓を、しゅーっとぬいてだす。炭酸は、客が自分で好きなだけついで飲む。

クマさん自身は焼酎を炭酸では割らず、ミルクをいれる。これを、クマさんはミル酎と称しているが、そんなにとんでもない飲物ではなく、ひところ、「かいば屋」でだいぶミル酎が流行《はや》った。

クマさんに、ミル酎なんて、なんで、そんなノンベェの赤ん坊みたいなものを飲むんだい、ときいたら、「なにしろ、あたしゃ、ナマケモノでねえ」と言った。焼酎といっしょに、焼酎のサカナ（ミルク）も飲んでるってことなのだそうだ。

ただし、ミル酎なんか飲んでるとふとる。クマさんは、もともと大男だが、ミル酎のせいで腹がつきでてきて、ほんとに関取りみたいになった。

焼酎にトマト・ジュースを割るひとがふえている。アメリカでも、ウオツカにトマト・ジュースの「ブラディ・メァリー」が流行だが、どちらも飲みやすいドリンクだ。

焼酎は、飲みにくいものと誤解されているが、こんなにさっぱりして飲みやすいものはない。

　ぼくはイキがって焼酎を飲んでいるのではない。あるときから、ウイスキーのにおい（それが、また、ウイスキーの風味なのだが）が鼻につきだした。ところが、焼酎はまことにさらっと喉をとおる。だいいち、ぼくは、もともと焼酎育ちだ。

だが、そんなふうなので、焼酎を飲んでると、つい飲みすぎてしまう。

「かいば屋」の酎ハイは、焼酎が正一合は入っている。

いまのぼくの酒量ならば、これを三杯ぐらいは、まあまあだいじょうぶだ。しかし、酎ハイ三杯でおさまったことはない。どうしても四杯は飲む。

店の主人のクマさんや、ほかの顔見知りの客とおしゃべりをしていて、つい五杯飲んじまったりする。

　それから、よせばいいのに、浅草から新宿にいって、ゴールデン街あたりで、またジン・ソーダってことになる。ジンも西洋焼酎だから、これも酎ハイみたいなものだ。

酎ハイに氷をいれない店もある。そのかわり、炭酸（ソーダ）を冷やしておく。北千住の「源氏」や浅草ひさご通りが言問通りにでるところの「甘粕」などがそうだ。

「甘粕」では、冷蔵庫からソーダの罎をだし、グラスにつぐと、また、冷蔵庫にしまう。ここの、ウイスキー・ハイボールも、氷はつかわなくて、そうしている。

もともと、ハイボールは、氷はいれなかったのかもしれない。というのは、元来は、イギリス風の飲物だろうからだ。なんにでも氷をよくつかうのはアメリカ人で、イギリスの酒場あたりで見ていると、イギリス人は、ほとんど氷をつかわない。

それでも、バーのカウンターのはしに、ちいさなアイス・ペイル（氷入れ）があって、なかにちょろっと氷のかけらがはいっているが、「アイス？」とバーテンが言って、ぼくのほうにアイス・ペイルをおしてくれたりするところを見ると、ぼくみたいな外国人やなんかのためかもしれない。

「甘粕」で食べたオデンのつみれはおいしかった。この店でつくったつみれで、鰯の肉をすって、ダンゴにしたもので、ふわっとした口ざわりで、味も淡くてふわっとしていた。

一昨夜は、奄美群島の焼酎のパーティーがあった。黒砂糖を原料のうちにつかっている黒砂糖酒、黒糖焼酎は奄美だけしかない。透明だが、とろっと舌をつつむおもみがあり、風味がつよい。オランダのジンもこんなふうだ。

ぼくは、東京にいるときは、たとえば、浅草の「かいば屋」では宝焼酎の酎ハイだし、湯島の「赤ちょうちん」ではだるま焼酎と、いわゆる甲類の焼酎を飲んでいる。しかし九州にいくと、あの独特のにおいと味のある九州の焼酎を飲む。鹿児島のイモ焼酎、米でつくる熊本人吉の球磨焼酎、いま、流行ってる宮崎の麦焼酎、大分のもろこし焼酎など、ところどころの焼酎は、その土地で飲むと、ほんとうにおいしい。沖縄にいけば泡盛だ。その泡盛も八重山群島にいくと、また風味がちがう。

奄美の焼酎パーティーも、なぜか、新宿ゴールデン街のノンベェたちが、ぞろんこときていてたいへんにたのしかった。トーフを揚げてお汁をかけてたべる料理や、豚の肉をやわらかく煮こんだ角煮《ラフティ》風のものなど、いかにも南国の島々めいた料理で、これが、また、とろっとした奄美の黒糖酒によく合った。

沖縄では、泡盛を7《セブン》アップで割って飲んでいるひとを、よく見かけた。7アップの会社が倒産するとかいう噂があり、もしそうなったら、泡盛を飲むときどうしよう、とナヤむ者もいた。

三ノ輪の泡盛屋「亀島」でも、泡盛をラムネで割って飲んでいるひとがいる。それに、泡盛のタマゴ酒を飲むひともいる。風邪をひいてないらしいのに、泡盛のタマゴ酒というのは、やはり、そのひとの口に合っているのだろう。

今夜も浅草あたりに流れて、酎ハイってことになるのではないか。だけど、まえにも言ったけど焼酎は、つい、さらさらっと喉をとおり、飲みすぎるので、女のコがついてきてるときは、「オジちゃん、ピッチが早いわよ。ゆっくり、もっとゆっくり」とブレーキをかける。

ところが、その女のコも酎ハイを飲んでいて、だんだん酔払《デキアガ》り、そうなると、ぼくにブレーキをかけるどころではなく、さっきまで、ならんで飲んでいたのに、ひょいと、女のコの姿が消え、ふらふら表にでも出ていったのかとおもったら、椅子からずっこけて、床にすわりこんでたりする。

田中小実昌（たなか・こみまさ）　一九二五〜二〇〇〇　作家

文士の集う場所

「ぼるが」に集う人人

石川桂郎

酒亭「ぼるが」は新宿駅西口の飲食店街にある洋風の、しかしちょっと暗い造りの店である。ばん（鷭）焼と称する焼鳥を看板に、酒、ビール、焼酎、ウイスキー、ウオトカ等比較的安価に飲めるのと、店主高島茂夫妻の人柄にひかれてさまざまな客が集まり、薄暗い二階は近頃もっぱらアイビキ客に利用されているようである。だから私はどんなに階下が混雑していても断じて二階へ上らない。ヒトノ恋ジヲ邪魔スル奴ハ――という野暮てんになりたくない為ではない。興（?）に乗ると人前で平気でヌケヌケと接吻しかねないアプレさんを見るのがツライからである。

では、そういう客でない、この店の客筋を私の識る限りでご紹介しよう。

先ず俳人では、中村草田男、石田波郷、中島斌雄、滝春一、高須茂、池上浩山人、

岸風三楼、加倉井秋を、栗林一石路、志摩芳次郎、田中午次郎、伊庭心猿その他、四、五十人が毎夜のごとく隔日のごとく集まる。草田男、波郷、斌雄らは月に一、二度組と言えようか。

歌人では宮柊二と佐藤佐太郎の顔がよく見られ、両氏とも大変な酔っぱらいである。

小説家の梅崎春生、安部公房、中野重治、榛葉英治、壺井繁治、浜本浩、今官一、保高徳蔵らは常連。

映画人またはラジオの声優として岸旗江、英百合子、藤原釜足、伊藤雄之助、恩田清二郎、それに映画監督の山本薩夫。

彫刻、画家では本郷新、朝倉摂、高橋忠弥、岡部文之助、それに昨今横山泰三と共に漫画界の人気者である荻原賢次の顔もときどき見える。

といってもこの私が、以上名を挙げた人達のすべてと親しく話し、盃をかわしているわけではない。古い友達のいまニッポン放送夜十時の「裸一貫」で語り手をつとめている恩田清二郎、俳句の師であり畏敬する先輩の波郷、草田男、一石路、それから親しい仲間である高須茂、風三楼等。山本薩夫さん、その実兄である建築家の山本勝巳、梅崎春生、安部公房、佐藤佐太郎、宮柊二、高橋忠弥、荻原賢次、藤原釜足といった人達とは顔があえば話合い、おたがいの邪魔にならぬ範囲で盃を交わす。輿に乗って喧嘩口論にまで及ぶこともある。別れ別れになった途端にそれはもうケロリと忘れてしまう、そんな他愛ない喧嘩口論ではあるけれども……。

学生の客も多い。印ばんてん着、アルコール中毒でよだれタラタラ垂らしながら焼酎をなめている不思議な人物もいるし、パーマネント髪派手な茶羽織を着て男客相手にひそひそ話を交わしているが、のど仏の出っぱり方といい、男客に盃さす節くれ立った指といい、どうしても戦後輩出したまがいなき男娼、そんな種族もいる。

酒または焼酎またはビールまたはウオトカ一杯に一品のお通しが付く。玉葱の酢漬、お新香、マカロニサラダ、塩豆のたぐいである。ばん焼は一串二十円、焼酎四十円、酒一級七十円特級百円、ウイスキー、ウオトカは各ワングラス五十円、夕方五時頃から開店して十二時の閉店までほとんど客脚の絶え間がない。

と、ここまでは、どうやら客筋と店の説明。さてある夜のこと、私は珍しく一人で、カウンターの隅でちびりちびり盃をなめている所へ、菜ッ葉服下駄履きの六尺近い大男が這入って来るといきなり、

「酎をくれ」

と呶鳴った。がその時居合せた八、九人の客は、そんなことには馴れっこでその男の方を振り向きもしなかったのであるが、二杯目の酎を空にする頃、男が歌い出した労働歌に、客達がちょっと眉をひそめた。あまりでっかい、調子ッぱずれな歌声がうるさかったからだ。この店で聞く労働歌は別に珍しいことではなく、二階から低音の合唱が漏れ、労働歌がロシヤ民謡になり、大学の校歌に変り私などもそれらを気持よく聴き流していた。菜ッ葉服の歌は耳ざわりだったが、しかし客は黙っていた、というのは他の客の迷惑になるほどの喧騒が起きると、必ず主人の高島君が起っていって注意し、なだめて来るからであった。ところが菜ッ葉が俄かにわめき出し、こんなことを自慢話に喋舌りはじめた。

「きのう日比谷公園で毛唐の自動車をひっくり返し、火をつけてやったが、気持がよかったぞお、ガソリンに火がついて紅い焰になり黒い煙が天を焦す、あのすさまじい光景を俺は君達に見せかたった。あれは君詩だよ、詩そのものだ」

私はその時、四、五本目の酒に手をつけていた。きのうメーデーの流れが日比谷公園附近で外国人の自動車をひっくり返し放火した事件はラジオで知り、新聞で読んでいて、それはそういう気持は、わからないこともないけれども、少しゆき過ぎな行動だったな、少なくとも大人のする行為ではない——くらいに見ていたのだった。だから菜ッ葉が喋舌った話も、自動車ひっくり返し火をつけた、までだったら、妙な自慢話があるもんだとこちらも黙って拝聴していただろう。私は酔っていたが、言葉尻の詩にひっ掛かった。グッときて思わず呶鳴りつけていた。

「馬鹿者ッ、自動車をひっくり返して、火をつけて、何がそんなものに詩があるんだ。いい加減なことを言うな、この気狂い奴」

「なにおッ、馬鹿とは気狂いとは何んだ、この野郎」

ウオーッと叫びながら菜ッ葉が起ちあがって来た。とその時である。菜ッ葉と私のちょうど中間に坐って、それまで静かに盃をふくんでいた初老の紳士が、グッと腕をのばすと、

「暴力なら、俺が買おう」

と言った。眉の太い赧《あか》ら顔の、その筋肉質の老紳士の睨みが利いて菜ッ葉服は手もなく黙ってしまい、坐席に戻り、ひと捻りにされていたかもわからぬ私は助かったのであるが、やがて新しく店に這入って来た中央公論の編集者に紹介されてくだんの紳士が浜本浩氏であるのを初めて識った。

映画のプーさん物、恐妻物、それからごく最近の「警察日記」で名演技を示している伊藤雄之助氏は、実は歌舞伎の名優沢村宗之助の息子なのだ。それが沢村家を継がず若い頃新劇に走ったことから私の古い友達である恩田清二郎を知り、だから私ともかれこれ十四、五年のつきあいになる、といっても伊藤氏は酒が嫌いで、それに近年映画その他に多忙なため、このところ暫く会う機会がない。

ＮＨＫで長い間連続放送され、日本全国の学童ファンを沸かせた「おらあ三太だ」の音さん――気がよくて、周章《あわ》て者の音さんを演じ（声じという方が正しいか？）て一躍有名になった恩田清二郎とは、私は随分古い友達だ。本所の裏長屋に住み、どん底の暮しをしながら新築地劇団に勤め、けれども酒は上等酒を好み東京中の隠れた店の美味い物を喰い歩き、美しく気立てのいい細君をよく泣かせたものだった。が、あの江東方面の大空襲の夜、その恋女房とやはり映画の名子役だった長男を殺してしまった。そういう寂しい影を背負いながら、子供達を笑わしている音さんなのである。四、五日前も私は文化放送のスタジオで恩田に会い、二人で近くのおでん屋ののれんをくぐった。話が面白く、酔えば歌もうたい芝居の真似をやり、女中さん達にもえらく人気があって、芸無しの私は独りつくねんと彼のはしゃぎ廻るのを眺めていたが、酒の半ばで俄に彼が不機嫌になっていった。

「おい桂郎、出よう」

そう言うと、女中さん達の引止める手を振りはらって彼はもう戸外に飛び出していた。そうして戦争のなかった頃の私なら、きっとこういう彼の豹変ぶりに腹を立て、揚句の果が喧嘩別れをした筈だった。が、昨今の彼のこうした遣り口を見ても、私は腹を立てるどころではなかった。惚れた男に引き廻されている女みたいに、私は素直に彼の後に従っては、次次と気まぐれな飲み方で飲屋を歩き廻るのであった。

荻原賢次氏とも古い顔馴染だった。清水崑、横山隆一・泰三兄弟や和田義三といった人達と戦前から句会をやり酒を飲み、旅にも一緒だった頃、まだ無名の漫画家だった荻原氏とよく顔を合わせていたが、彼はこの一、二年の間に一躍漫画界の寵児になってしまった。実力なのである。彼自身の勉強のたまものなのである。彼はよく若い夫人同伴で「ぼるが」に来る。そしてこれがまた実に静かな酒なのに驚く。

静かな酒といえば、藤原釜足さんの酒もいたってノーブルである。恩田清二郎がよく藤原さんを指して「あれくらいの大役者になると……」と言うが、ほんとうにその通りだと思う。藤原さんに役がつく、そして台本が渡される。するとその台本をペラペラめくって見て、もし自分の役の科白が多いと、藤原さんは出演を断るそうである。恩田清二郎が「あれくらいの大役者になると」と讃嘆するゆえんである。藤原さんは、自分では作らぬのかも知れないが俳句が好きだそうだ。

小説家の安部公房氏は目黒書店時代、私達の「俳句研究」と「人間」の編集室が隣合せだった関係と「人間」の編集者が揃いもそろって酒飲みだったから能く酒席を共にした。安部氏はたいへんな美青年であるが、その夫人はまたこの世のひとと思われぬほどの麗人である。そしてこの人達も荻原氏同様アベック組である。梅崎春生、中野重治、保高徳蔵氏らは常連、その他の作家達は時折顔を見せる程度だ。

山本薩夫氏はカメラマンや助監督を連れて現れるが、この人達と一緒でなく新東宝あたりの女優さんが来るし、前記の岸旗江、英百合子さん達の顔もよく見掛ける。何んといっても一番親しく、話の合うのは俳人だが、今これらの人達を一人一人描き上げてゆくには労力も要るし紙面もない。

そこで最後に高橋忠弥氏のことを書いて、この駄文の末尾としたい。私はここで正直に書くが、酒亭「ぼるが」で高島茂氏から紹介される以前から高橋忠弥という人の画が好きだった。面白い画だと思い蔭ながらこの画家に畏敬の念を抱いていた。俳句における象徴ということ、何か新しい俳句性――といったものを求めていた私は、同じ詩歌に向ける眼よりも、かえって絵画などの世界から享《う》ける力に頼ろうとした一時期があったからだ。

ところがある晩、私は高橋忠弥氏と突然大喧嘩をやらかしてしまったのである。それは全く私自身夢にも予想しなかった、平素の心持とは逆な暴言を、酒の上とはいえいきなり高橋氏にあびせてしまったのだ。

「何んだお前さんの画は、犬のウンコみたいな鴉ばっかり描きやがって……」

高橋氏は、もちろん激怒した。ちょうど同じ画会の岡部文之助氏が一緒だったので、岡部氏が承知しなかった。

「高橋、此奴は何者か、生意気な奴である。ナグってしまおうかい」

私がキモに銘じてこたえたのは、次の如き高橋忠弥の言葉だった。

「俺の絵を犬の糞だという、お前は、いったいどんな仕事をしたのか。仕事らしい仕事があったら言って見ろ」

私は忽ちヘナヘナとなってしまった。全身の虚脱感と底知れぬ寂寥感から、私は椅子に坐っているのも苦しかった。忠弥氏の言う通り、私は仕事らしい仕事を何一つとしてしていなかった。私は忠弥さんに謝った、心から詫びを言った。寛容な忠弥さんは、それっきり私を許してくれたらしい。私はその後彼のアトリエを訪ね「俳句研究」の表紙絵を描いて貰い「ぼるが」で会えば一緒に酒を飲んでいる。

石川桂郎（いしかわ・けいろう）　一九〇九～七五　俳人・作家

昼間の酒宴／ある酒場の終焉

寺田　博

昼間の酒宴

毎週木曜日の昼過ぎ、神田神保町のビヤホール「ランチョン」で吉田健一氏とお目にかかるようになったのは、昭和四十五年ごろからであったろうか。その年の「文藝」七月号に掲載した『瓦礫の中』が各紙の文芸時評その他で絶讃を博し、次に私は、どうしても氏の長篇小説の一挙掲載をしたいと思い、その週に執筆された三、四十枚の原稿を頂くこととその分の原稿料をお支払いすることのために、毎週出かけていった。

大抵、以前から氏のエッセイを連載中であった「ユリイカ」の清水康雄氏、「すばる」の安引宏氏が見えていて、二氏に混って、談論風発の氏のお話をジョッキを傾けながら傾聴することになった。いつも昼過ぎから二時過ぎまでの二時間、古典文学から現代風俗に至るまで話題は尽きなかったが、外国文学に造詣の深い清水、安引両氏の話題の先導ぶりも鮮かで、主として私は聞き役として陶酔した二時間を過ごすことになった。それというのも、豊富な話題もおいしい肴だったが、氏がすすめる酒のまわり方が独得だった。

生ビール三、四杯を空にしたころ、「そろそろリプトンにしましょうか」という氏の声がかかった。氏が手にしたハンカチをヒラヒラ振って「ご主人、ご主人」と叫ばれると、カウンターの奥にいる主人が、心得たとばかりに沸騰したリプトンティーとサントリーオールドのボトルを盆に載せて持ってきて、環視のなかでウイスキーをダブルの計量カップになみなみと注いで、ティーカップのなかへどっと放りこむのである。主人のその腕の動きを、私たちは儀式に参加するような真剣さでじっと見まもり、生ビールで大きくなった腹の中へ少しずつ熱いウイスキーティーを啜りこむと、もう途端に酔いがまわり、陶酔した気分に陥った。

この時、分割して頂いていた原稿『繪空ごと』は、約束通りぴったり三百枚で完結し、「文藝」四十六年三月号に一挙掲載した。そのなかに出てくるビヤホールの描写に、〈それは要するに広くて窓も大きく取ってある割に卓子が詰め込められるだけ詰め込むといふ具合に並べてないといふことで、その方が飲んでゐて気持がいいから昔はそれが普通だつた。そこは二人が飲む卓子も決つてゐてその卓子から店の主人が生ビールを注ぐ台とその反対側の往来の両方が眺められた〉とあるように、氏の椅子は決っていた。二時を過ぎると、氏はさっと立ち上がり、あわてて立ち上がろうとする私たちを「そのまま」と手で制して、帽子をかぶりながらドアをあけて街頭に立ち、手をあげてタクシーを停められた。それから中央大学大学院の講義に出かけられるということだった。

この昼間の酒宴のメンバーは、その後増え、筑摩書房の風間氏、集英社の大波加氏、番町書房の田村氏、小沢書店の長谷川氏たちが毎週顔を出すようになり、以前から時折同席されていた英文学者の野崎孝氏も参加される機会が多くなり、賑やかな会になった。その後、氏は大学を辞められ、木曜日が水曜日に変更されたが、この会合は、昭和五十二年、氏が最後のロンドン旅行に発たれるまで続いた。昭和五十年、『旅の時間』が完結してからは、勤務先が神田から新宿へ移転したこともあって、私の出席率は悪くなり、晩年一年間の氏の謦咳に接する機会を、自ら少くしてしまった。

このビヤホールで氏とお目にかかるように慣例化されてから、私は『繪空ごと』

『金澤』『旅の時間』の長篇のほか、数篇の短篇小説を頂戴した。約五年間に執筆して頂いた小説のすべては、この場所で原稿及び原稿料の受け渡しをしたことになる。

それ以前、昭和四十一年の新年号から「文藝」に連載して頂いた『文學の樂み』の受け渡し場所は、当時新橋にあった小川軒であった。毎月一回、担当の杉山正樹君と伺うと、私たちの口にはなかなか入ることのないキャビアやフォアグラをご馳走され、持参したわずかな原稿料でその支払いに当てていられる様子だったので、恐縮してしまった。この時、氏の方針が、原稿は原稿料と引換えに手渡すこと、依頼した枚数の原稿用紙の最後の枡目でぴたりと終るように書かれることを知った。この二つのことは、同じ精神から出ているある几帳面さであることが窺われた。後に三百枚の『繪空ごと』が、三百枚目の最後の枡目で完結したことには驚嘆した。

氏に小説を依頼する気になったのは、昭和三十七年の「文藝」で、当時の編集長坂本一亀氏によって掲載された『空蟬』という短篇を読んだ時、その自由で典雅で芳醇な作品世界に魅せられた記憶があったからだが、無類の批評家である氏に裏芸の小説を依頼することは、何となくためらわれた。面と向って切り出すのは面映ゆく、四十五年の春、いきなり手紙でお願いした。承諾のご返事は電話で頂いたが、締切や枚数を必ず葉書に書いて改めて投函するよう要請された。この箇条書きの葉書を出すことも、前述の二つのことと同じく氏が慣例とされていることだった。葉書を投函したものの、もう少し詳細な打合せをしたいと思い、同じく毎週木曜日に出向いておられた銀座のバー「ソフィア」へ氏を訪ねた。ここでは河上徹太郎氏と歓談しながら飲まれることが慣例になっていたが、私も時々河上氏の許へ伺っていたので、氏と同席する機会も多かった。すると「海」編集長の近藤信行氏が氏と話していた。後にわかったことだが、その時に近藤氏もまた小説の打合せをされていたのではなかったかと思う。ほぼ同じころに「すばる」の安引氏も小説を依頼したようで、『瓦礫の中』に引続いて、その続篇『町の中』（すばる）『人の中』（海）が発表され、三作合せて中央公論社から単行本『瓦礫の中』として刊行された。ほとんど同じころ、三人の編集者が氏に小説作品を依頼したのは不思議な気もするが、おそらく、当時の文学状況の展望のなかで、誰の胸中にも氏の小説作品を欲する気持が強く働いていたのだろう。

　氏は〝作家〟という呼称を徹底的に忌避されたように、小説原稿を手渡す際にも〝お小説〟などと軽口しか言われなかったが、『金澤』の何回目かの原稿を頂いた時に、「これはもう二度とかけないよ」と呟くように言われた。それは第5章で、主人公が鶴来の山菜料理屋へ出かけて、山と対峙するところである。私は自宅へ持ち帰り、句読点の少い氏の文章に接する時いつもするように、大きく息を吸ってから、文章の呼吸に自分の息を合せるようにして読んだ。〈その山は語り掛けて来なかつた。それは声がないものでそれ自体が声であり、その声は何に対して発せられるのでもなくて山がその山であることから生じる響だつた。〉文意が頭に入るにつれて陶酔感があった。あまり味ったことのない詩的な体験というものにふれた思いがした。

　晩年の五年間というもの、私は氏に小説ばかりお願いする結果となり、正統的な批評家を小説という蕪雑なジャンルへ手引きする役割を果したことについて、忸怩たる思いをすることがあった。氏自身も時折、自作について「あれはお小説だから」といったようなことを口にされ、ある時も「ソフィア」で河上氏とご一緒の時にそう言われたので、私は思わず「ご自分の作品をおとしめないで下さい」と言い、河上氏も私の肩をもって下さったことがあった。理解の届かぬことがあっても、私には、批評であれ小説であれ、氏の文章は詩的体験を味わわせてもらえる貴重な数少いものの一つであった。

ある酒場の終焉

去る二月十七日、新宿西口のはずれにある酒場「茉莉花」の女主人、奥田茉莉さんより閉店の挨拶状が舞いこんだ。三月一日をもって閉店するという。〝またたくまに二十五年間の長くて短いような、私にとっての「熱い年月」が過ぎ去りました〟と、文面にある。〝やっぱりそうか〟という思いと〝突然だなあ〟という思いが交互にやってきて、ともかく、読売文学賞贈賞式の帰途、「新潮」編集長の坂本忠雄、「すばる」編集長の水城顕の両君や古井由吉、後藤明生の両氏らと雪道の中を「茉莉花」へ立ち寄った。席上、誰からともなく、お別れ会をやろう、という声が上がり、常連客みんなで集い騒ぐ会を計画した。

二月二十九日、午後七時より午前二時に至るまで、約九十名が参集した。水上勉、安岡章太郎、丸谷才一諸氏の顔も見え、佐多稲子氏からはわざわざ会費が届けられた。三々五々、井上光晴、阿部昭、黒井千次、古井由吉、中上健次氏らが見えて、女主人への記念品贈呈、「蛍の光」を斉唱して、幕を引いた。なかなか幕の引けない連中は、私をふくめて、夜明けまで演歌を唄った。

この酒場に初めて行ったのは、昭和三十七年のことで、当時の上司の坂本一亀氏（元「文藝」編集長）に連れて行かれた。この店が開店早々の頃であったが、それ以前にこの女主人が経営しているバー「未来」が近くにあって、そこには別の人に連れられて、三十五年頃に行っている。それはさておき、この酒場を初めて開拓した作家は、椎名麟三氏であったというが、その縁でか、第一次戦後派の作家たち、埴谷雄高、野間宏、武田泰淳、梅崎春生、中村眞一郎、堀田善衞諸氏の姿をよく見かけ、この作家たちと親しかった坂本氏のお伴として末席に連なるようになった。また、次の世代の井上光晴、開高健、高橋和巳の諸氏と同席することも多かった。このように、この酒場では、名だたる文学者や編集者や演劇人、新聞人、大学教授などが常連客だった。偶には、中野重治氏や佐多稲子氏、下戸《げこ》の平野謙氏のくつろいだ姿も見た。

いつも人に連れられて行っていた自分が、いつの頃からか、率先してこの酒場に通うようになっていた。恐らく、勤務していた出版社が倒産して、その後再起の道を歩き始めた昭和四十三年以降のことだったと思う。私は、後藤明生、阿部昭、古井由吉、李恢成といった人たちや、各社の編集者たちと、深夜というより払暁まで、卓を囲むようになっていた。やがて、柄谷行人氏や中上健次氏も加わった。ひとしきり話が終ると、流しのギタリスト、〝王《ワン》さん〟や〝次郎ちゃん〟の伴奏で歌になった。もちろんカラオケなどはこの世にない頃である。傍若無人に楽しんだ。

このようにある雰囲気をかもし出している酒場だったから、サロン的でもあり、また激烈な議論がとびかう場所でもあった。議論が過ぎて、つい腕力が出てしまうという場面にも屢々立ち会った。自分が当事者になってしまうことも少なくなかった。

こういう雰囲気を青くさいとして嫌悪する人もあった。常連に〝純文学〟をやっている関係者の多いことで、何か社会性の欠如した甘えた雰囲気と見られたふしもあった。実際にそう見られても仕方のない場面があったかも知れないが、おおむねは、閉じ籠りがちな書斎人がお互いを理解しあう、格好の場所であったと思う。そして、何よりもいい飲み屋だった。

この二、三年、常連だった人たちの足が遠のいた。かつて〝午前さま〟の異名をとった埴谷雄高氏をはじめ、みんなが年をとったのである。深夜の常連酔客、中桐雅夫氏は不帰の人となった。女主人も、このアトモスフェアを一代限りのものと考え、常連客の世代交代に熱心ではなかった。

この「茉莉花」の閉店に、ある時代の終焉を見ることも可能だろう。それはそれとして、結局は、この歴史的な場所に決然と訣別した女主人の心意気に、拍手を送りたい。

寺田博（てらだ・ひろし）一九三三〜二〇一〇　編集者

深夜の酒場で

中上健次

酒一筋に魅せられて……

無趣味の男が、趣味について書く。趣味、酒を飲むこと、ただ一つだ、と。女と結婚したばかりの頃、麻雀、駄目、競馬競輪、駄目、と言うと、いぶかしげな顔をした。訊いてみるに、女の親が、それに狂ったが、そのテの顔だと思った、と言うのである。それは、このぼくもそう思う。ギャンブルに狂う血は、人一倍ある。熱狂する。無趣味とは、ぼくのガンバリである。ギャンブルをしないと誓うのは、ぼくの悲願である。身を破滅させぬように生きよ、人から後指さされぬように生きよ。そう、バクチに憂き身をやつした御先祖様が、日ごと夜ごと、のたまう。

　かくて、酒一筋。酒の前には、女色すら色あせる昨今である。新宿ゴールデン街、二丁目近辺では、その名も、酒乱のほまれも高い。酒こそすなわち、男なり。酒をのんで、演歌などがなるたびに思うのは、この世は楽土なりということである。たとえ、酔いざめの後、身が火宅の人になろうともである。

酒を飲むたびに喧嘩し、……

酒を飲むたびに喧嘩し、喧嘩するために酒を飲むのが私の常だった。ある日、酒にあき、喧嘩にもあきて歌をうたった。「人生の並木路」都会にひとり出た男が深夜の酒場で、うたうにふさわしい。伴奏のワンさんが、手をたたいてほめてくれた。ワンさんにしてみれば、喧嘩をしている私を見るより、へたな歌を聞く方がよいとのことだったろうが、その拍手に私は恍惚となった。それから酒を飲むたびにうたい、うたうために酒をのむ。声が大きすぎるので、ときどき酒場の客からマイクを引ったくられることもあるが、平気である。この恍惚はなにものにもかえがたい。

中上健次（なかがみ・けんじ）　一九四六〜九二　作家

バーの扉を開けるとき

島田雅彦

あの男たちが生きていた頃は、はしごをするにも覚悟が必要だった。まだ私が酒の飲み方をよく知らなかった頃のことである。当時、私はもっぱら居酒屋専門だった。酒が旨いと感じるようになってから、まださほど月日が経っていなかった。私をバーに誘ったのは、編集長だった。この人は無数の武勇伝を重ねた酒飲みで、私がであった時はまだバリバリの現役で、ほぼ毎日、午前四時、五時まで飲むのは当たり前だった。私は彼の指導のもと、朝早くまで飲む癖を身につけたのだった。

彼が日頃、バーで出会う作家たちも大酒飲みで、数々の伝説を作った。先頃亡くなったＧ藤さんはバーに長居することで有名だった。午後十時ごろバーに現れて、波間をたゆとうように飲み、しょうもないことばかりだべり続け、笑い、歌い出すのである。それに付き合う方は夢に片足を突っ込んでいる。午前五時を越えてサバイバルしている客はごくわずかだ。しかし、G藤さんの終わりなき対話は続き、ついには午前八時を回る。もう全員が帰宅し、バーのマダムも舟を漕いでいる。私もそこまでは何度か付き合わされた。その後、G藤さんが何時までバーにいたかを知る人はいない。ただ、そのバーの最長居不倒記録はそのG藤さんが樹立したもので、午後五時だそうである。それを知ってから、私はバーのドアを開けるのが恐ろしくなった。文字通りそこは伏魔殿となった。

　そのバーにはN上さんもよく出没した。彼も酒場の住人だった。締め切りが過ぎるまではしごを続け、編集者が殺気立ち、恫喝や泣き落としに入ると、三日間缶詰に入る。そのあいだ、ろくに食事も睡眠もとらず、異様な集中力で五、六十枚の原稿を書き上げてしまう。そして、缶詰明けの夜、再び酒場に戻ってくる。彼はからむ相手を求めて徘徊し、意気投合すると、深夜の焼肉など食べ、また何処かへと消えて行くのである。私は何度となく、いじめられた。私は礼儀正しくしているつもりなのだが、彼の目には生意気そうに映るらしく、些細なことで私を罵倒し始めるのだった。よくよく耳を傾けていると、私を批判する言葉は全て、私の欠点というよりは彼自身の欠点のように聞こえてくるのだった。彼は相手をけなしながら、自戒する奇妙な、そしてはた迷惑な癖を持っていた。

彼は人をよく殴ることで有名だったが、幸い私は殴られたことはない。むしろ、私にからんでくる酔っ払いをたった一言で黙らせてくれたりもした。

N上さんが生きていた頃は、バーの扉を開けること自体がスリリングだった。バーは審問が行われる場所であり、試験の会場でもあった。時々、そこはリングになったり、仮眠所になったり、会議室になったりした。今夜は静かに飲みたいなどと思わない方がいいことは、経験的にわかっていた。なぜなら、そういう時に限って、N上さんが現れるからだ。凪のバーに嵐の土産を持ってくる男だから、たまたま静かにグラスを傾け、あくびなんてしていると、「オレを呼んだか」とでもいいたげに彼が入ってくる。謙虚には程遠い男だったが、私には謙虚を教えてくれた。だから、私は彼が亡くなったあとも謙虚でいようと努める。あまり、仲良く並んで歩いたことはなく、いつもカウンターで牽制していたせいか、彼の体は巨大だった印象がある。しかし、身長は私とほとんど変わらなかった。座っている時だけ彼は巨大だったのだ。

豪傑といっていいN上さんだったが、女性にはマッチョぶりを発揮しなかった。彼の攻撃から身を守る唯一の手段が、魅力ある女性を同伴してバーに赴くことだった。彼はもともと、あまり表情豊かな顔ではなかったが、女性に誉められると、そんなに無防備な笑顔を見せてもいいのかと心配になるくらい嬉しそうだった。少年時代は姉や叔母さんたちにさんざん甘やかされて育った男だから、それも無理はないのかもしれない。

今は気軽にバーの扉を開けられるようになったが、あの頃のスリルはない。代わりに私は道草を食うようになった。何を考えているのかわからない他人とまみれられる場所に足を運び、放心し、それとなく他人の会話を聞き、やや失望を覚えて、いつものバーに帰って行く。その時はもう午前一時を過ぎている。カウンターにつき、ウィスキーを注文する。マダムは私が好きなオペラのアリアを静かに流してくれる。やがて、愛すべき死者たちが私の隣に腰掛ける。私は彼らのためにビールを注文する。グラスに注いだビールの泡が消えて行けば、それは死者が飲んだ証拠である。

島田雅彦（しまだ・まさひこ）　一九六一～　作家

てんかいそうろう

戌井昭人

「天下《てんか》居候《いそうろう》」これは浅草にある飲み屋かいば屋のご主人熊谷さんのお墓に刻まれている文字です。かいば屋は田中小実昌さん殿山泰司さん色川武大さんといった僕にとっては御三家アイドルみたいな人達が通っていた店で、そのような店だから、敷居が高いような気がして、場所は知っていたけれど入れないでいました。で、ある日浅草に住んでいる友達と飲み歩いていたら、かいば屋の前を通ったので「この店はさ、これこれこうでさ」と説明していると、友達は「入ってみよう」となんの躊躇もなくガラガラ扉を開けて入ってしまいました。このガラガラを御三家もやっていたのかと思うと、僕は少し緊張しましたが、中はあたたかい雰囲気で、おばちゃんが笑顔で迎え入れてくれました。入り口の脇には田中小実昌さんの大きなポスターがデーンと貼ってありまして、もちろん酔っぱらっている姿。ここのご主人が名物男で、彼を慕って色んな人達が通っていたと、御三家の誰かの本で読んだことがあって、訊いてみると、おばちゃんはご主人が亡くなってから店を継ぐことになったらしいのです。またこのおばちゃんの雰囲気が素敵で、気取ったところなど全くなく、ホワーンとした感じで色んな思い出話をしてくれました。「殿山さんは、いつもそこに座ってね、オーデコロンの良い匂いがしてたの」とか「主人は野坂昭如さんの家に居候をしてたことがあったの、それで大酒飲みだったから、自分で店をやればいいと、この店をはじめたんだけど、お客さんと意気投合すると店をほっぽり出しちゃってね、どこかに飲みに行っちゃったりして」とか「かいば屋という店名は競馬好きの主人にちなんで、飼葉（馬の餌）と野坂さんが名づけてくれて、お墓の天下居候も野坂さんが考えて書いてくれたの」と話しながら、おばちゃんは棚に置いてあったお墓の写真を見せてくれました。天下居候ってなんだ？　そう思って写真をのぞいていると、命日が来週だから行ってみればと言われて、浅草からも近いし、次の週に友達とお墓参りに行ってみることにしました。

「〇〇家」とある普通のお墓にまじって「天下居候」があって、左下には「野坂昭如」と刻まれていました。しかしそこにはご主人熊谷さんの名前は見あたらず、なんだか混乱してしまいます。天下居候……眺めていると、人間なんて宇宙から見たら地球に天下居候なわけで、生きていれば死ぬまで天下居候なのだと、「でも、だからどうした、いいじゃないか、居候をまっとうしな」そんなふうに言われている気がしてきました。そして氏名なんてものは、ただの記号や数字みたいなもので、電話番号や住所と同じなのではないかとさえ思えてきました。

自分は戌井《いぬい》と申しまして本名なのですが、「戌」なんて字は十二支の戌年でしか使わないような字で、よく成井《なるい》と間違えられます。荻野さんと萩野さんみたいに、パッとみたら「おぎ？　はぎ？」と一瞬戸惑う感じでしょうか。でも荻野さんが「萩野」と書き間違えたとか聞いたことないし、自分も書き間違えたりはしません。

ひょんなことから通い始めたボクシングジムでは、入会書に「戌井」と書いたのですが、ジムに行ったときに押す出席ハンコの名簿表は「成井」になってしまっていて、そこでは「ナルイさん」と呼ばれています。そして「イヌイです」と正すきっかけもつかめぬまま、そのままにしていたら、新しいトレーナーが来たとき「名前は？」と訊かれ、「あっ、えっと、ナルイです」と思わず名のってしまいました。いくら名簿が成井になっているとはいえ、さすがに自ら「ナルイ」と名のるのはためらっていたのですが、既に他のトレーナーには「ナルイさん」と呼ばれているし、いまさら「イヌイ」ですと正すのも場違いで、もう遅い気がしたので、「ナルイ」と名のってしまったのでした。しかし、そうすると何かがスーッと抜けていくような気がして、少し心地よかったのです。たぶんそれは、社会生活の上で自分にまとわりついた色んな記号みたいなもの、生年月日とか住所とか身長とか体重とかメールアドレスとか電話番号とか、もちろん氏名とか、そういうものだったのではないかと思います。気持ちが抜けていくと腑抜になってしまうけれど、これは社会に存在しているのに存在していないような、他人になってしまったような感じで、こういうの詐欺師になる素質があるってことでしょうか？　でも騙してやろうとか、そういう気は全くなくて、ここでは単純に「ナルイ」でやっていこうと決心がついたのでした。このとき、かいば屋のご主人のお墓が頭をよぎり、そうだ、今ここにいる自分は、ただの天下居候なわけで、氏名なんてどうでもいいのだ、と思えてきたのでした。

　この前の隅田川の花火大会のとき、かいば屋に行って店の前に椅子を出し、おばちゃんと二人で花火見物をしていました。そこからは建物の屋根に隠れて花火は半分しか見えないのですが、お店は浅草寺の裏の方にあるので、仲見世や隅田川の方の混雑や喧騒が嘘のように静かで、花火の音だけが大きく響き、暫くすると風に乗って火薬の匂いが漂ってきました。そして、ゆっくりやって来たその匂いに乗って、天下居候のご主人やかいば屋に通っていた人々が戻って来ているような気がして、お祭り騒ぎの花火もいいけれど、こういう花火もいいものだと、僕はおばちゃんの横で、天下居候させて頂いておりますと、漂う火薬の匂いに向って、ちょこんと頭をさげました。

戌井昭人（いぬい・あきと）　一九七一〜　作家・劇作家

酒場に流れる時間

海坊主

吉田健一

或る雨が降る晩、これは文士の身分で、銀座の松屋裏にある「岡田」という料理屋で飲んでいた。料理屋と言っても、これも凡そ何でもない、酒が飲みたい人間に酒を飲ませ、料理が食べたいものに料理を出すだけの店である。だから、酒は樽で灘から取って、自分で庖丁を振う主人は、流儀は江戸前料理でありながら、関西にも行って修業して来た。

前にも言った通り、その晩は雨が降っていて、飲むのには誂え向きだった。雨の音が店を静寂で包み、他に客は誰もいなくて、おかみさんを相手にお伊勢参りの話などをしているのがもう大分長く続いていた。伊勢の大神宮から川を下って行けば、何れは熊野灘に出る。そして熊野灘の海水が蒸発して、東京に雨になって降ることもあるだろうとか、何故そんなことを言っていたのか、今となっては解らない。

その時戸が開いて、お客が一人入って来た。背が高い男で、骨組もがっしりしているのが、酒など幾らでも飲めそうに見えた。おかみさんの顔付きから、この店には始めての客であることが解った。併しそれだからと言って、応対にそれを見せるようなおかみさんではない。こっちも今から何十年か前、最初に「岡田」に入って行った時と少しも変らない実がある物腰でこの新来の客におかみさんは席を勧め、献立が書いてある板を持って行って、そのうちに客は飲み出した。

大きな手の中に盃がすっかり隠れて、それを顔の辺りで肘を廻して口に持って行き、乾してちょっと天井を仰ぐようにして盃を置く。それから又注いで、という具合に、別に忙しい感じがする程ではなしに、併し或る一定の間を決して外さずに続けて、その間が切れそうになるまでは無表情な顔を前の方に向けていた。まだ先代が「岡田」をやっていた頃は、空けた徳利は下げずに新たに徳利を持って来ることになっていて、自分が何本飲んだか、前に置いてある徳利を数えれば解った。

それも、誰でも幾らでも飲める訳ではなくて、主人の一種の勘で誰は何本が適量と定め、それ以上を頼むと、「貴方はもうそれ位でいいでしょう、」と言われて、けりだった。中には、幾らでも飲ませて貰える別製のもいたそうであるが、直接にそんなのを見たことはない。三本組、五本組などとあって、戦前の「岡田」の酒が五本飲めれば相当なものだった。戦前と比べれば、この頃の酒はどこのも大分弱くなっている。併しここで書いている晩、始めて店に入って来た大男の飲みっ振りを見たならば、「岡田」の先代も何本でも許しただろうと思う。それ程、どっしりしたものだった。
「おかみさん、お銚子、」と言う声が、そのような体格をした男にしては妙にかすれていて、併しそれが不愉快な感じを与えずに、却って愛嬌があった。

その無表情な顔と愛嬌があるしゃがれ声で相手がこっちの方を向いて、
「一杯如何ですか、」と徳利を上げた時は、何も断る理由はなかった。雨の晩に一人で飲んでいるのもいいものであるが、二人で飲むのも結構楽しい。そして飲んでいる時に誰か知らない客に声を掛けられるのは、それだけで嬉しくなるものである。やはり、何かまだ修業している気分が残っていて、知らない客は皆酒飲みの先輩に見えるのだろうか。それに相手の男は、確かにこっちよりも年上だった。

席をこっちから相手の卓子に移して二人で飲み出して、相手の間がいいのに改めて感心した。差しつ差されつ、と言うが、本当にその通りに正確にやるのは、普通は面倒なものである。間が悪いからかも知れなくて、その晩、「岡田」で相手の大男がこっちの盃に注いでくれるのに調子を合せて相手にも注いでやっていると、酒に対する執着が節度に変って、とろりとした心地がして来た。広々した感じと言ってもよくて、精気を身中に蓄えて発せざる形である。大男が余り口を利かないのも、それを手伝った。

もう一つは、この男がどこか、自然を卓子の向うに置いて一人で飲んでいる、という風な感じにさせてくれる人間だったことである。信用出来る馬に乗って一人で遠乗りに出掛けると、丁度そんな具合になる。乗っているのは生きもので、それはこっちの膝の動かし方一つに対する反応でも解るが、それに対してこっちが又何かする必要はない。馬はこっちの乗り方に間違いがなければ、それで満足しているので、馬が満足した様子で駈けていることが、こっちの乗り方に間違いがないことの保証になる。後は、馬は馬、こっちはこっちで勝手なことを考えていて、そういう自由な気分でいるという点で人間とその馬は一つなのである。

その晩の男と飲んでいるのが、それだった。外は雨が降っていて、自分の前には大自然があった。そしてそれは時々、酒を注いでくれる親切な大自然だった。泳ぎが上手で、静かな海に一人で入ったならば、やはりこういう気持がするのだろうと思う。海は馬や人間よりも正確な存在だから、旨く行かなければこれは絶対にこっちが悪いので、その代りに泳ぎの心得があれば、これ以上に安心出来る相手はない。そしてそれは海と自分の間に愛情がないことには少しもならなくて、こういうこと凡てを一括して言えば、親船に乗った心地というのが丁度当て嵌るのである。

「どこか他所へ行きましょうか、」とそのうちに親船が言った。アンデルセンのお伽噺に、ヤルマアという少年が夜、外を見ると、雨で街中が水郷になり、窓の直ぐ下までゴンドラが迎えに来ていた、というのがある。街が川に変っていなくても、雨の夜の銀座は綺麗な筈で、親船の男と一緒に「岡田」を出た。

銀座の道路は案の定、雨に濡れて街灯の明りで薄く光っていた。相手の男が、馬に乗り馴れた人間が少しがに股になった恰好で、右足を踏み出す時には右の肩を突き出し、左足を出す時は左の肩を突き出して、両手を少し外側に反らせて歩いて行く様子も、なかなか風格があった。どこの人間なのか解らず、始めて東京に来て偶然に「岡田」を見付けたのか、それとも「岡田」にだけそれまで来なかったのか、その辺のことを確かめる意味で、これからどこに行くことにするか聞くと、相手はそのどっちとも判断し兼ねる声色で、どこでもいいと答えた。

それで、「エスポアール」に行くことを思い付いた。「岡田」が何でもない料理屋ならば、「エスポアール」も別にどうということはないバアで、客が押し合いへし合いして満員の電車のようになっていることがあるのは、こういう極く普通にただ時々行きたくなるバアが東京では少くなって来たからである。難点を言えば、どこにあるのかはっきりしないことで、どうしても解らない場合は花売りの娘の花を買って案内して貰うのだが、その晩は無事に交詢社の西側の道を少し新橋の方へ行った左側に、「エスポアール」の所在地を示す立札を見付けた。

連れの男は場所が解ると、先に行って戸を開けて、両手を鰭の恰好に左右に拡げて入り口で混雑している客や女の子を押し分け、奥の空いている席まで行って腰を降した。ナミ子さんに、スミ子さんに、カミ子さんなどという、顔馴染みの女の子達が寄って来て、こっちを素通りして連れの方に非常に惹かれたようだった。ここでも、飲み方が水際立っていたからである。ウィスキイなどというものは、舌の上で転がして味って見た所で仕方がなくて、一息に飲み乾して喉の所を通る時に漸く何だか旨いと感じる。その代りに、一息に幾らと付くわけで、大男がそれをやっているので勘定に就ては覚悟を決めた。「岡田」の勘定はどういう次第だったのか、相手が払ったからである。

男は、廻りに女の子が集ると能弁になった。その特徴がある優しい声で可笑しなことを言って、顔には相変らず表情がないのが道化役には絶好だった。友達をバアに連れて行って厄介なのは、第三者が間に割り込むのでお互に話が出来ないことである。併しこの相手がする話はこっちが聞いていても他意なく可笑しくて、一緒になって大笑いするのに少しも引け目を感じなかった。笑った勢でこっちも何か言うと、相手はもっと可笑しなことを言って答える。そしてその間に、ウイスキイのがぶ飲みを続けた。

相手はそのうちに、「岡田」にいた時と同じ調子で場所を変えることを提案して、こっちが勘定をすませる間、鷹揚に待っていてから、又先に立ってまだ雨が降っている中に出て行った。

それから暫くの間のことは、実ははっきり覚えていない。男はこっちの予想に反して銀座をよく知っているようで、「エスポアール」を出た後で何軒か廻ったのは皆、先方の案内だった。男がよく食べることを、その時になって発見した。焼鳥屋では、串に刺したのを一本まるごと口の中に入れて、串を引くと串だけになって出て来た。それも、手に持っているものを口の方に運ぶのではなくて、手に摘んだ焼鳥の串刺しに向って一口にかぶり付くのが、眼がその時だけは凄じく光るのと一緒になって精悍な感じがした。

ビフテキ屋では、大きなのを二度か三度に器用に切り分けて、もう平げていた。そしてそれが別に不作法には見えなくて、例えば非常に大きな獣、或は海の怪物が鶏を一羽とか、海豚を一頭、苦もなく片付ける清潔なやり口に似ていた。ビフテキをすませて、こっちの方を向いた時の眼付きが、序でにこいつもと思っているような風に見えたので、

「間違えて貰っちゃ困るよ、」と慌てて言ったところが、

「人間は食べないよ、」と始めてにやりと愛想よく笑った。そしてボオイを呼んで、ビフテキのお代りをした。

何でも、それからやはり男の案内で車に乗って行ったのは、どこか隅田川の川っ縁だった。中洲か、柳橋か、大体その辺だったと思う。前から打ち合せがしてあったのかどうか知らないが、男が車を降りてその店に入って行くと、おかみさんらしいのが

先頭に立っての出迎え振りが、ここでも相当な顔であることを思わせた。男は、どの部屋に通されるのかも知っている足取りで階段を登って行った。

川っ縁で飲むのもいいものである。雨は止んで、月まで出ていた。隅田川の水はその光を受けて、川のようでもあり、海の感じもして、潮が上げて来ているのが水面を一層広くして見せた。男は、ここでは「岡田」の時と違って、盃を置いてから又飲むまでの時間が長くなり、飲んでは川を眺め、その合間に、いつ頃行ったのか、南洋の話をしたりなどした。月の光は川一面を白く輝かせて、向う岸の煙突も、建物も眼に入らなくなった。南洋の、環礁に囲まれて海が静かな部分も、月が出ている晩はそんな風なのに違いない。環礁を廻らした珊瑚島には椰子が何本か生えているばかりで、そこでも眼を惹くのは光っている水面である。

男が立ち上って、明け放した障子の外の欄干を跨いで地面に降りた。飛び降りたのではないから、足が土を踏むまでに背がそれだけ伸びたのである。大男は庭を横切って、その端から川に入った。これも、一気にではなくて、亀が池に戻る時の、寧ろぎごちない恰好で水に滑り込んだのである。そして月光を散らして中流まで行った時は、既に頭が四斗樽位はあると思われる大亀になっていて、亀はその頭を川下の方に向けて泳ぎ去った。

吉田健一（よしだ・けんいち）一九一二〜七七　作家・批評家

幻想酒場〈ルパン・ペルデュ〉

野坂昭如

「ルパンが死んじゃった」と、すでに涙も涸れはてたといった、腫れぼったい眼で、眞澄は、何の前置きもなく、つぶやいた。タオルに包まれた、かたまりを両手にかかえ、それが彼女のかわいがっていた牡猫ルパンの亡骸であることは、察しがついた。

「もういい歳だろう」玄関に突っ立ったまま、いちおうなぐさめのつもりでいうと、

「うん、十一歳」猫の平均寿命は知らなかったが、歳に不足はない感じで、眞澄の用件は亡骸の始末だろう。「まあ、お上んなさい」「うん。ずっと鼻水出していたから、風邪かと思って、アスピリンのましてたんだけど、やっぱりお医者に診せた方がよかったのかしら。でも、昔からルパンはよく風邪をひいて、いつもアスピリンで治ってたの。昨日の夜まで元気だったのに、朝もうぐったりして」タオルにくるまれたもの

を、あらためて抱きしめ、「ごめんね、ちゃんと私がついていてあげれば」突然、舞いこんできた愁嘆場に閉口しながら、こういう場合、保健所へ持ちこめばいいのだろうが、私にも事務的処理はためらう気持がある、二年間、私も牡猫ルパンと暮していた、つまり、眞澄と同棲していた時期があるのだ。

　眞澄と私は同年だが、彼女は早生まれ、学年でいえば一つ上になる。知り合ったのは昭和二十八年暮、新宿西口、国鉄の線路に沿って並ぶ屋台の飲み屋。眞澄は銀座にある出版社の社員で、その出版社自体、ファッションを専門としていたし私の眼には、まるで別世界の住人、お互い飲み屋の半ば常連だったから、何度か顔を合わせていたが、向うは同業者らしい男連れのことが多く、酔いにまかせてしゃべりかける機会もないし、相手にされまいと、あきらめてもいた。

　本来なら、この年の春、大学を卒業していなければならないのだが、必要な単位にまるで足りず、来年も覚束ない。益体もない仕事で食いつなぎ、この時は写譜屋の下請け、パート譜一枚十円、音譜がよめないのだから、文盲の筆写といってよく、一日精魂こめて三十枚がやっと、他にヒロポンの運び屋、新宿浄化運動員、これは深夜、竹箒で町を掃いてまわる仕事、ヤクザが取仕切り、五時間で三百円。住いは中野区桃園通り、三畳二千五百円、隣りの四畳半に、金融会社へ勤める三十代半ばの女がいて、時にその手作りの煮物のお裾分けにあずかったが、これをしも盤台面というのだろうと、みるたびに感じ入る平べったく大きな顔、好意に報いる気は起らぬ。

新宿帝都座の五階、入場料三十円の名画座で何を観たのだったか、飲み屋のお上と、映画の話をするうち、しごく気安い感じで、眞澄がしゃべりかけ、つまりぼくが古い写真についてよく知っていると賞め、「イット女優」といわれたクララ・ボウの作品など知らないのだが、'20年代ハリウッド映画について、主にゴシップがらみをしゃべるうち、「今度、『新青年』を持って来てあげる、家にほとんどそろってるの」「『新青年』の特別読物号はぼくも少し読んだけど、ビーストンなんて作家、どうしちゃったのかな」「本当、聞かないわね」世はサルトル、カミュ、マルローの時代、旧制高女を出て、しばらくパン屋で働き、父のつてで出版社へ入った。そして父は「新青年」の編集にたずさわり、現在は探偵小説雑誌の顧問をしていると、べつにぼくが問い質したわけでもないのに生い立ちを語り、その住いは赤羽、歳を考えればむしろ当然だが、印刷会社に勤める三つ上の亭主がいる。

「おたくの先輩、英文だけど、翻訳者になりたいって、今はもっぱら下訳専門」現在、

「アフターディナーストーリー」とやらに取組む。「おたくも小説なんか、書いてるの」

「いや、とても」当時、ぼくの、籍だけは置いていた大学の、仏文科学生といえば、ほとんどが文学、政治青年だったが、いずれとも関わりを持たず、ただ飲んだくれてだけいた。

一度ほぐれてしまえば、会うたびにしゃべりこんで、ぼくにすれば、娼婦女給以外の、堅気の女と言葉を交わしたのは、これが初めて、そして不勉強ながら、眞澄の文学、映画面における教養くらいには、話を合わせ得た。亭主については、ほとんど触れなかったが、父親のかつてのダンディぶり、乱歩、水谷準、大坪砂男、久生十蘭などとの交遊ぶりをやや誇らしげに語り、顧問といっても、父は決った給料をとる訳ではないらしいが、眞澄は、給料日に父親と銀座で落ち合い、「らん月」のオイル焼きを食べた後、酒場「ルパン」で飲む決りという。

「ルパン」の名はひびいていた。ぼくの大学の、いわば縄張りは新宿で、学生の多くは地方出身だから、銀座について詳しい者は稀、三越の包装紙をブックカバーにして、見栄のつもりの男がいたし、今でいう晴海通りを銀座通りと思いこむ手合いも珍しくなかった。

そういった田舎者も、「ルパン」だけは、知っていて、すべて写真家林忠彦の作品のせい、カウンターに肘をつき、背広姿の軍靴が印象的な太宰治、革ジャンパーで、その撮影後日ならずして死んだ織田作之助の笑顔、坂口安吾、石川淳なども連夜ここで飲むらしい。

新宿で似たような場所といえば、ムーランルージュ裏の「五十鈴」、火野葦平、八木義徳、新庄嘉章、榛葉英治、丸岡明の姿を見受けたが、「ルパン」は格の違う印象、ぼくなど一生入れない店とみなしていた。

「初めて行ったのは、私がパン屋さんに勤めてた頃だから、二十二年の秋。未成年もいいとこよ」「織田作は、その年の一月だったかな死んだのが。銀座裏の旅館で血を吐いて、東京病院へ担ぎこまれた」「父も駈けつけたのよ」「織田作と面識があったの?」「そりゃ編集者としては古いもの」「彼は、新聞小説を連載中で、未完に終ったわけだけど、ぼくはその最終回を切抜いて、しばらく持っていた」忘れもしない井上の英和辞典にはさみこんで、織田作の死の前後、ぼくは彼の母校三高の入試準備にいちおう打ちこんでいた。「織田作には会った、というより見たことがある。一度は心斎橋で、もう一度は京都の朝日ホール」「織田作には間に合わなかったけど、太宰さんとは三度一緒になった、もちろん話なんかしなかったけど」

太宰治の死は二十三年六月、ぼくは三高には入れず、この年、新潟高校文乙の学生となっていたが、太宰の死は、丁度試験にぶつかっていて、あまり話題にはならなかった、というよりも、旧制高校文科一年生の気負いは、強いてこの人気作家を無視していた、ニーチェ、キェルケゴール、ハイデッガーが本命なのだ。

眞澄の生家は、文京区林町で、仕事上おそくなれば、ごく当り前に、ここへ泊る。仕事と関わりなく、ぼくと飲み歩いてしらしら明けに至ることもあったが、無断外泊はお互い様、ただし、必ず林町か赤羽へ戻っていき、ぼくにすれば、そのまま出社すればよさそうなものと思ったが、「前の日と同じ恰好ってわけにはいかないのよ、家へ帰らなかったってバレちゃうでしょ」「服装さえ替えりゃいいわけ」「まあね、でも、勇気ないでしょ、おたく」なんとなくバカにされている感じだったが、眞澄を女としてみていなかったのは確か、人妻だからといってひかえたわけじゃないが、ぼくにとっての女は、娼婦。また、うかつにちょっかいかけて、折角の縁を失いたくない気持もあったと思う。

さらに、この縁についていえば、彼女自身、編集者に違いなく、父親は文壇に顔がきくらしい、文章を書いて世渡りできるなど、つゆ思わなかったが、活字の世界の、周辺にいたい、眞澄の勤める社の、オウナーは女流で有数の小説家、その夫も作家だった。雑誌などで紹介されるのとは別の、活き活きした物書きの言動が、眞澄によって伝えられる。

そして、「新青年」だけじゃなく、焼けなかった眞澄の生家には、旧制高校文乙から仏文科の筋とは異なる、おびただしい蔵書があった。直木三十五全集、平凡社刊、紺の布表紙の部厚い「大衆文学全集」、眞澄とつき合わなかったら、「南国太平記」「砂絵呪縛」「御洒落狂女」「木賊《とくさ》の秋」などを読むことはなかったろう。モガだったという眞澄の母が、ぼくをどうみていたか、借りた本を返し、あたらしく借りる名目で、眞澄のいない昼間訪れても、にこやかに応対、常にカットグラスでトリスを飲ませてくれた。眞澄が生家に泊る時は、前まで送って別れたから、彼女の父には会っていない。

ぼくは桃園通りから沼袋、野方、早稲田鶴巻町と転々、写譜にも少し慣れ、そのガリ版をきってかつかつに生きていた。ガリ版はパート譜ではなく、素人の合唱用に、メロディと歌詞を原紙にきり、ディットと称する複写機で刷る。当時、ホームソングばやりで、民間放送が公開の歌番組を作る時、入場者にこれを渡して、一緒に新曲を唄わせるのだ、一曲三百円、一晩で二曲はきれた、「水車をまわし春がやってくる、流れてく、キラリラロン」なんて文字をキイキイときりつつ、かなり暗澹たる明け暮れ。

二十九年、石原慎太郎が躍り出ている、焼跡は風景の中からほとんど姿を消し、ビルの鉄骨がそこかしこに組まれ、籍だけはまだ大学に在ったが、単位数は、気まぐれにとった体育の四つが増えただけ。

三十年二月、鶴巻町の洗濯屋二階、六畳五千円の部屋で、「クルミ一つを抱きしめて、まるであなたは女の子」という歌を、原紙にきっていた、朝六時頃、眞澄がオイオイ泣きながらやって来た、父が倒れたという、飯田橋の公衆便所で用を足すうち、脳出血を起こし、幸いすぐ発見され、警察病院に運ばれたが、まだ意識不明、「駄目かもしれない、お父ちゃま死んじゃう」眞澄は、林町に泊っていて、連絡を受け、母とすぐ駈けつけたのだが、今はただ見守っている他ない、「気がつかなかったけど、お父ちゃま、お爺さんになっちゃってるのねぇ、ショックだった」つづいて眞澄は奇妙なことをいった、「お父ちゃま死んだら、母は男を作るかもしれない」たしかにモガの面影を留めはするが、四十半ば過ぎの、自分の母親について、しかも、父が危篤状態のこの時に、くだらない心配をするものだと、呆れつつ、ぼくには何ともいいようがない。

ぼくは現実的に、父が亡くなれば、林町の家を下宿にするといい、二階二間に学生四人入れて、賄い付きで一人六千五百円、眞澄夫婦が一緒に住めばなお楽だろう。しかし、なまじ父が生きのびると、これはたいへん、ヨイヨイの病人をかかえてちゃ、部屋だけ貸すといってもむつかしい。ぼく自身、いわゆる呆け老人をかかえた一家の部屋を借りて、その異様な暗さに閉口した覚えがある。

二週間後、父は退院、脳溢血の後遺症としては軽い方らしいが、もはや勤めは無理、ただぼくの、生活について心配は余計なことで、眞澄の母はこれまでも刺繍、それも値の張る帯や打掛けを手がけて、デパートと契約、父の顧問料はもっぱら酒代に消えていたらしい。

「内職の原稿を書けば、少しは助けて上げられるし」ファッション専門誌だから、その面の知識はあり、オウナーにいわれ、アテネフランセの上級まで卒えたから、簡単なフランス語は訳せるという、「デザイナーとか何とかいってたって、所詮、あちらの雑誌の引写しで商売してるのよ、もう少し勉強してヴォーグあたり訳せると、いいお金になるんだけど」仏文に籍を置きながら、簡単な動詞の変化も心得ぬぼくは、深く恥入り、だが、ぼくにできるのは、当面、ディットの原紙切りしかない。

この何日か後、まだ寒い時分だったが、ぼくは眞澄に伴われ、初めて酒場「ルパン」へ足を踏み入れた。すでにかなり飲んでいてこの時のことはよく覚えていない。ルパンを出て、タクシーに乗り、気がつくと高田馬場駅近くの旅館の前で、ぼくは眞澄に手をひかれ、その玄関をくぐった。あからさまな連込み宿ではなかったが、深夜、男女がもつれ合って入って来たのだから、女中は心得て、一つ布団に二つ枕の部屋へ案内、風呂へ入るかとたずねた。ぼくは小心なところがあり、酔って泳ぐこと、湯につかることを戒めていたから断り、眞澄だけが、寝巻をかかえて、女中の後を追った。

以前に、「勇気がない」といわれたのを思い出し、だが、頬をつねりたい感じがある。自らかえりみて、女にもてたことがない。大学生とはいえ、実体は先きに何の見込みもない失業者なのだ、ひきかえ眞澄は、知られた雑誌の編集者、亭主との間柄がどうなっているのか知らないが、退社後、よく一緒に映画を観るといっていたし、首の後ろ、首筋にキスマークをつけていることもあった、べつに隠しもせず、「私、耳に弱いのよね」それに背筋なのだそうだ。

ぼくは寝巻に着替え、先きに布団へ入っているべきかどうか迷い、街娼と泊った時は、女中にサックを頼んだが、ここではどうなのか、酔っているはずだが、そして、人妻との情事をひかえながら、いっこう昂ぶることがなく、立場が逆の感じ、こっちが無理矢理連れこまれ、途方にくれている女の立場に近い。

三月後、ぼくと眞澄は、新宿柏木町八百屋の二階六畳、三尺の流しのついた部屋で同棲をはじめた。亭主といかなるいきさつがあったのか、ついに判らず終いだったが、亭主は別れるに当り、新宿武蔵野館近くの、森英恵という新進デザイナーの店で、スカートを一枚買ってくれたという。

お互いさま、ほとんど荷物はなかったが、眞澄は一匹の猫を伴っていて、その名は「ルパン」、犬について、いくらか心得ていたが、猫は飼ったことも、というより抱いたことすらなく、こっちのかすかな嫌悪感が、ルパンに伝わるらしく、あるいはそれが猫の習性かもしれないのだが、決してぼくに近寄らない、眞澄は三尺の開きの押入れに、籠を置き、「利口なのよ、ちゃんとお留守番してくれる」部屋の入口に、狭い靴脱ぎがあり、ここに砂を敷いた箱を置き、屎尿の世話はまったく手がかからないという。

「この猫は、太宰さんにもらったのよ」「へーえ、太宰って猫飼ってたのか」「違うの、太宰さんが助けたっていうかな、宿屋で仕事してたら、生後三ヵ月くらいの猫、つまりこのこが、雨戸の戸袋の中に入りこんじゃって、出られなくなっちゃったんですって、まあ入ったんだから、放っておけば出てくるんだろうけど、ミャアミャア鳴いてね、太宰さんは力ずくで戸袋を外して助け出したの」

そして三日ほど、同じ部屋に置き、鰹節やミルクを与えていたが、処置に困り、「ルパン」のお上に相談、もらい手を探すまでもなく、居合わせた眞澄の父が、ふところに引き取って、林町の家へ持ち帰った、「だからルパンていう名前」「いつ頃？」

「二十二年の冬、あの頃、家は貧乏で、それでなくても食糧難でしょ、私がパン屋で働いて、適当にパクってくるからいいようなものの、父は無収入に近かったし、母の仕事も無いし」とても、猫を飼うゆとりはなかったが、「太宰の猫」ということで、同居を許され、「何でも食べるのよ、ルパンも苦労したんだから、うどん、さつま芋、パンの耳、でもおいしいものって判るのね、ダシジャコをやったら、フニャフニャいいながら食べて、今はすっかり贅沢になっちゃったけど」
贅沢といったところで、御飯に味噌汁をかけ、上に削り節をのせる程度だったが、

ルパンは両前脚をそろえ、行儀よくほとんど余さずに食べた。

眞澄の給料は、昭和三十年初夏のこの頃、月一万一千円、ぼくの原紙切りが一万円前後、酒場「ルパン」のウイスキー三十ccが六十円。眞澄の勤める出版社は、銀座のほぼ中心にあって、「ルパン」まで三分とかからない、当時の銀座はまだ平べったい街並み、中で、土橋近くのビルに移転するまで、そこが本社だったという文藝春秋所有の建物が、多分際立ってそびえ立っていたはずだが、その印象はない。直立して歩く視野の中に、街並みのほとんどがおさまり、二階となると喫茶店「キャンドル」、ここの窓際にいれば、下を通る知人の誰彼を観察できておもしろいと、つまらないことが評判になっていた。ジャズ喫茶「テネシー」洋品店の「鈴屋」「花菱」「銀座テーラー」「一番館」。柏木のアパートに電話はない、ぼくと暮すようになっても、眞澄はよく外泊したが、その職業柄当然のことのようで、つまり出張校正、原稿取り、取材、朝何時に帰ってくると判っているわけじゃないが、ぼくは卵粥など作って待っていた、

猫のルパンはいっこうなつこうとしなかったが、気まぐれに鳥のささ身などを茹でて、細くさいてやると、ホニャフニャと声を立てて食べる。

勤め人としてみた場合、およそ出鱈目な時刻に、眞澄は出かけ、いつも、「何時頃なら社にいるから電話して」という、夕方、TV中継の貼札のある喫茶店へ出かけ、かけるとたいていは無愛想な男が、取次ぐ、何のためだかよく判らない電話だった、出かけるのがいい加減なものだから、戻るのもまた当然で、どうも、猫ルパンの守りをちゃんとしてるかどうか、確かめる意味合いが、強かったのかもしれない。

それでも月に二度くらい、「出てこない、飲もうよ」と誘われる。ぼくはヒモになるほど図々しくもなくて、相変らずディットの原紙をきり、猫ルパンは、窓のない部屋の中を、欲求不満そのものといった様子で歩きまわるが、ぼくには近づかない。

犬ならば帰ってくるだろうが、また、ルパンと過ごした亭主との赤羽のアパートでは、夜、外で遊ばせたそうだが、新宿は慣れていないし、車も多い、絶対に出すなといわれ、いわば軟禁状態。眞澄と外で落ち合えば、戻るのは午前二時、三時になる、出かける時なにやらかわいそうで、頭をなぜようとすると、どうも敵意としか思えない表情で、ルパンはぼくをにらんだ。

眞澄との待合せ場所は、日劇そばの喫茶店「白鳥」で、そこからは彼女が常に先達、NDT踊り子が栄養補給するというミルクワンタンとか、ガード下の安くてうまい「銀寿司」フジアイスの「カツカレー」東興園の「鳥そば」河岸の小町と謳われたお上の取仕切る、「国定」若い演劇人の集まる「東京茶房」どの店でも彼女は店、客双方に歓迎され、ぼくは身の置きどころに窮したが、彼女はいっさい斟酌せず闊達にふるまって、たいていは酒場「ルパン」へおもむく。昭和初年に店開きしたというその狭くて急な地下への階段は、三十年近い年月の客足によって段の中央がくぼみ、酔って危っかしい昇りよりも、しらふで降りる方が滑り易い、鰻の寝床風、奥に長い造りで右にカウンター、十数脚の椅子があり、突当りに三脚、その左がトイレット、太宰治の写真はこのカウンターの曲り角に彼が座り、引きが無いから林忠彦は、トイレットの中から撮ったという。

当時としてもかなり小柄な、酒場だからマダムがふさわしいのだろうが、お上さんと若いマスター、他に客ずれしていない女四人、こちらも女給の印象からはほど遠く、すべて素人風だった、眞澄は、十七歳にして、父に連れられてきているから、当然いい顔のわけだが、この店では、かなり酔っていても黙りこんで、それまでの、男に立ち混り小説、美術、演劇、映画論をまくし立てていた、颯爽たる感じがうすれ、なにやら肩をすくめ、周辺の客の賑々しい会話に聞き耳を立てる、いわばようやく大人の世界に足ふみ入れた小娘風、馴染みのお上さんのしゃべりかけるのにも、言葉少く答え、むしろぼくのかげに隠れる、ぼくを楯にして店の雰囲気をのぞき見する感じ。

　ぼくにもいくらかは察しがついた、父が倒れて以後、どういう加減だか判らないが、ぼくが父親のある部分を肩代りさせられている、眞澄の父親とはついに会わずじまい、写真も見ていない、かなりの酒飲み、文学好きは確かだろうが、この面では別れた亭主にしても同様、彼の方が、活字の世界に、英米探偵小説の下訳にしろ、足を突っこんでいた、ぼくはラジオのホームソング楽譜の孔版印刷原紙きりなのだ。「新青年」の編集にたずさわっていたのだから、父はそれなりのお洒落、万事に洗練されていたと思うが、ぼくはまるっきりの野暮、服装についても、一緒に暮しているうち、ずい分注意された、注意されて着替えるほど、シャツ、セーターの類はおろか、靴下だって数持っていた訳じゃないが、「こっちの方が良いんじゃないかな」眞澄がえらぶと、たしかに印象が変る、同棲中にベルトとネクタイを一本ずつプレゼントされた、地方出身者の多い大学では、けっこうダンディと認められていたのだが、銀座ではわれながら山出しそのもの、「銀座茶房」地下の、バァ「東京」へ集る若い演劇青年に立ち混ると、特にその感が深かった。

眞澄が、亭主と別れ、藪から棒のような感じで、ぼくと同棲した理由の一つには、たしかに父の突然の発病がある、ありふれた分析はひかえるが、「お父ちゃま」と、倒れた直後、泣きじゃくりながらいった、「お父ちゃま」の部分が、亭主には欠けていたと思われる、それは多分、「破滅」あるいは「無頼」性であろう。英文科を卒業し、堅気の会社に勤めつつ、こつこつと翻訳家を目指し、努力する亭主に眞澄はあきたりなかったのだ。

眞澄は、ぼくの文学というよりは、活字がらみにおける才能を片鱗も認めていなかったし、教養についても平均よりは雑学的知識を有するとみなす程度、やがて彼女は、そういう内職を手がけ、それは芸能人インタビュー、夕刊紙コラム、服飾関係雑文、映画評などで、ぼくに代筆を頼んだことがある、眞澄としては、活字へのキッカケを与えるつもりだったのかもしれないが、ディットの原紙でホームソングの楽譜をきっているから、いくらか縁があるとみたのか、テーマは「雨と夜と歌謡曲」というもので、千二百字、何を書いたのか忘れてしまったが、原稿を読みつつ、眞澄ははじめ苦笑、つづいて涙流さんばかりに哄笑し、「新仮名旧仮名ごちゃまぜ、改行、句読点なし、誤字だらけ、アハハハ」

その、無遠慮ないいかたに、かえってぼくは救われたのだが、考えてみれば、それまで小学校時代の作文の他、何百字とまとまった文章を書いた覚えがない、「でもこういうのっておもしろいのかもしれない」いわれてようやく屈辱感が起ったが、そもそも新、旧仮名の違いなど、まるで念頭にないし、今思えば不思議だが、「、」「。」をまるでつけなかった、さらにわれながら赤面の至りだが、「区」を「凶」「改」を「攺」と書いていた。この原稿はもちろんボツ。眞澄の父も、かつては文学青年だったのだろう、よくは知らないが、その友人朋輩たちが世に出て行く中で取残され、ひたすら酒に溺れ、妻の稼ぎにたよりつつ、なお昂然と肩そびやかし、あくせく世渡りする堅気を、はたからは滑稽な痩せ我慢、あるいはザコのトト混りと冷笑されつつ、乱歩とつき合い、また、酒場「ルパン」で織田作、太宰、安吾、淳と、あの厚い一枚板のカウンターで共にグラス傾けることに、生甲斐を見出し、いわばその晴れ姿を見せたくて、十七歳の眞澄を伴ったに違いない、才能の無い無頼、破滅派ほど、はた迷惑、なにより家族泣かせはないが、眞澄の父の場合、そこまで徹底はしていない。

だが、眞澄にしてみれば、父はそれなりに男の典型で、亭主にはこの部分がまったくなかった、ぼくは、自分に無頼、破滅志向があるなど、つゆ考えたことはないが、眞澄は、父と同じ肌合いを感じとったのではないか。

そして、酒場「ルパン」で、もとより織田作、太宰はとっくに故人、安吾も、ぼくがルパンに少し馴染んだ頃、桐生で亡くなっている。この酒場で、こちらが知らなかっただけだろうが、客に一人の文士も見かけず、かねて思いえがいていた、文人墨客の談論風発の姿を眼にすることはなかったが、他では、眞澄のかげにひかえているのに、「ルパン」だとむしろ勘定は常に彼女が払ったが、妙に肩幅広い感じでカウンターに肘を突き、眞澄はこの時、はじめて大人の世界に立ち混った少女にもどっていた。

三十一年、やはり内職として眞澄の引受けてきたラジオのコント、一篇三百字ほどだが、誤字脱字新旧仮名混合をあえて、手助けし、眞澄が一つひねり出す間に、ぼくは十以上仕上げて、その出来ばえについて、彼女も判定しかね、局へ持参すると、眞澄の作品は二篇、ぼくのは二十三篇すべてが採用となった。

一篇五百円、税金と手数料、実はディレクターへのリベート計二割を引かれ、一晩の収入が約一万円、この日を境に、ぼくと眞澄の経済的な地位は逆転した、コントの注文には限りがあったが、ようやく民放ラジオ全盛期、ディスクジョッキーの台本、歌番組の構成、ホームコメディ、五分、十分刻みの朝、一時間単位の夜、いずれにしろ思いつきを、相変らずの誤字脱字で書きとばし、眞澄が清書、ペンネームは二人の名前を合わせて、眞須美ゆき、たちまちにして月収十万を超え、この年の五月、ぼくたちは六本木の、ようやくトイレット付きのアパートへ移った、ラジオ東京、ニッポン放送は有楽町、局の下請けとして番組を制作する電通ラジオ・TV部は、銀座にある、かつての縄張り新宿は、僻地の感じとなって、午後から深夜まで、ぼくたちは銀座界隈に入りびたりとなり、眞澄も内職が本業の収入を上まわって、出版社を辞めた。

新宿柏木の頃、ぼくはいちおうの稼ぎはあったが、一種のヒモに違いなかった。六本木へ移ってから、というよりも、だからこそ部屋代二万円が払えたのだが、ぼくの収入は眞澄の数倍、こっちが亭主面していいところ、彼女には、まったく家事を取仕切る才能が欠けていた、柏木の六畳では目立たなかったが、六本木はいわゆる2DK、経済的にゆとりもできたし、空間もあるから箪笥、東芝製当時としては先端を行く冷蔵庫、洗濯機、台所用品一式を備え、書棚、机、卓袱台《ちゃぶだい》をそろえた、ところが眞澄は掃除、洗濯をしない。いやするにはするが、二週間ほど放置して、まさに、これも林忠彦の名作、安吾の乱雑を極めた書斎風景、足の踏み場もない、簞笥の抽出しはすべて開けっ放し、閉めてあれば、中身がはみ出している、台所の流しは汚れたままの食器が山積み、洗濯機の中も同様、ただ一つ、猫ルパンの屎尿箱と餌だけは、常にあたらしく、考えてみると当時、彼は九歳だったのだ。

林町、赤羽、柏木、六本木と、太宰治によって生命拾いした老猫は転々として、依然、ぼくにはなつかず、ぼくだけが部屋にいる時、押入れの古びた籠の中から出て来ない。

ぼくは、破滅派でも無頼でもない、アパートへ戻ると、整理整頓し、眞澄の下着まで洗濯、べつにいやではなかった、ラジオコント、ディスクジョッキーの台本を書いているよりも、部屋の隅に丸まっているルパンの抜け毛を拾い集めている方が、はるかに楽しい。

三十一年の暮、根は実直な、ぼくの正体を見きわめた眞澄は、同人誌を主宰しつつ、生活のためにラジオドラマの台本を手がける男と意気投合、別れたい旨申し出た、仕事柄とはいえ、外泊があまりに多いから、そしてぼく自身の経験からして、男ができたと予想はしていたが、あまり率直にいわれ、こちらの方が何やら悪いことをした感じで、また、冷めたいといえば冷めたいのだが、どうぞ御勝手にの気分もある。儀式の感じで「ルパン」へ出かけた、たわいもない話をかわしたあげく、ぼくは少し気取って、「日曜日からスキーに出かける、その間に、あなたの必要なもの運び出したらどう」「うん、それからあの、彼、ジェラシーが強いのよね、同じ業界だからどっかで会うだろうけど、彼と一緒の時、無視してほしいの」「無視って」「ヤアとかなんとかいわないで」スキーから帰ってみると、カーテンと洗面器、柏木からいちおう持って来た氷で冷やすラブリー冷蔵庫だけが残されていた。

半年後、眞澄は、純文学志向の男が、実はサジストで耐えられない、別れたいと訴えてきた。「いいよ」どうってこともないつもりで答えると、「彼、中学の時から高輪署で柔道やってて二段なの、気をつけてね」ぼくはかなり怯えたが、話をつけた、彼はかなり不本意な表情で、「そう眞澄をいじめたつもりはないんだがなあ」といった。この時、彼女は、年下の広告代理店アルバイト学生とできていて、純文学志向も、多分、その真面目さ故にフラれたのだ。

眞澄はディスクジョッキーのライターとして、三十四年当時、大家の部類、ぼくはラジオと縁が切れていたが、構成マスミ・ユキというアナウンスを時に耳にし、よくやっているというより、痛ましい感じを受けた、破滅派というのなら、眞澄こそがそうじゃないのか。

　昭和三十四年五月、二十二年八月生れ、太宰治に助けられた猫のルパンは、眞澄のいう風邪とか肺炎ではないだろう、老衰で死んだ。

　ぼくは当時、四谷の父の地所二百坪の、一戸建てに住んでいて、猫の亡骸の一つや二つどこにでも埋められる、ずっと以前、いかにかわいがっていた生きものでも、自分の庭に埋葬してはいけないと、年寄りにいわれた記憶があったが、この土地は、空襲であたり一帯が焼野原となるまで、墓地だったという。戦後のどさくさにまぎれ、不動産屋が宅地に仕立てたもの、いまさら猫のたたりもあるまい。

　ぼくは墓の方位などまるでわからないが、西北の隅に穴を掘り、ありあわせの箱にタオルごとルパンの亡骸を納め埋めた。眞澄は、そのあたりが、今はないファッション雑誌に培われたセンスかも知れないが、たった一本の白いバラを用意していて、ルパンの眠る土の上に突き刺した。「ルパン・ペルデュ」眞澄がつぶやいて、泣き腫した眼が笑った、仏文に在籍しながら、文盲同然のぼくには、眞澄のこの意味が判らなかった。

この白いバラは、そのまま根づいて、ぼくが四谷に住んでいた四十一年まで、季節になると、まことに心細いながら、小さな花をつけた。

眞澄は、ルパンの埋葬以後、一度もあらわれず、ただ今でも、タクシーのラジオで、ごくたまに、作ますみ・ゆきの名を聞く、「ルパン・ペルデュ」が、プルーストのあの長大な小説の題名のもじりと判ったのは、ごく最近である。眞澄は、噂によると、やがて数え六十になろうとしているのに、男を漁るらしい、「失われたルパン」を、まだ求めつづけているのか、ルパンで飲んでいた父の面影を、忘れかねているのか。

老猫ルパンの墓は、ぼくの父の死後売り払われ、今、宏壮なマンションが建っている。

野坂昭如（のさか・あきゆき）　一九三〇～二〇一五　作家

花の雪散る里

倉橋由美子

大雪の日の夕方、慧《けい》君は古い煉瓦造りの建物の中にあるクラブに出かけた。正面玄関にまわれば「入江記念財団」となっているが、この別の入口から入ると、中は別の世界で、祖父の入江さんが前世紀の、多分まだ昭和だった頃に始めたクラブが今も残っている。麗々しく「＊＊倶楽部」などと書いてあるわけではない。そもそもそういう名前もないらしく、慧君は誰からも名前を聞いたことがなかった。入江さんの呼び方によればそれは「クラブ」で、最近になって入江さんは、「よかったらあのクラブは慧にあげるよ」と言い出したのである。

慧君にはそんなクラブの所有権が自分に移るということが何を意味するのかよくわからなかったし、自分の財産が増えることにも関心がなかった。ただ、自分のものになったとすれば、自由に出入りすることはできるだろうというわけで、ある時一人で行ってみると、扉が中から開けられ、執事風の人が迎えてくれた。そして図書室でも談話室でも、好きなように歩きまわって好きなように時間をつぶすことができた。

この日は雪の中を歩いてきたので、まずは温かい飲み物でも、と思ったが、偶然バーを覗いて気が変わった。一つにはそのバーの主のような人物が最上の微笑で慧君を迎えたからでもある。

バーテンダーの九鬼さんは、半世紀以上という年齢はわかるけれども、老人と呼ぶのははばかられるような強靭さを残している。瞳の色が妙に薄いのも得体の知れない感じを与える。

窓の外では一段と密度を増した雪が降り続き、それを眺めていると建物全体が果てしなく上昇しつづけているような錯覚にとらえられた。そのうちに、ここは大きな客船の中のバーで、今その船は粉雪の舞う闇の海を進んでいるという風にも思えてきた。

「こんな雪の日にはどこかへ行ってみたいですね」と慧君が言うと、九鬼さんはちょっと首を傾けて、「どんなところへ」と尋ねるしぐさを見せてから、

「たとえば酔郷《すいきょう》ですか」と応じた。

「なるほど。晩雨、ではなくて晩雪人ヲ留メテ酔郷ニ入ラシム、ですか」と慧君はたちまち蘇軾《そしょく》の詩を思い浮かべた。

「しかしぼくはこの年で、まだ本格的に酔っぱらったことがないんですよ。遺伝的にも酒は強いらしくて、これまで本当に酩酊したといえるほどの経験がないんです」

「それでは特製のカクテルでもお作りしましょう」

「一〇〇度に近いウォッカでも使うんですか」

「そんな強い酒は使いません。ほかの方にはお出しできない特別のものを入れまして……」

と言いながら、九鬼さんは奥に入ってカクテルを作ってきた。客の前でシェーカーを振ったりしないのが九鬼さんの流儀らしい。

「フローズン・ダイキリみたいですね」

「まあその類のものです」

「でもこれは本物の雪みたいだ」

外の雪がそのままグラスに盛られているようで、ミントの葉やレモンの飾りもない。そしてどんな酒の味もせず、とにかく正真正銘の雪の味がした。清浄そのもので、仙人が飲む酒のようである。その感想を洩らすと、九鬼さんはわが意を得たりという風にうなずいて、次には鮮やかな血の色のカクテルを出してきた。

「カンパリの色ですか」と訊いたが、九鬼さんはただ笑っている。

「一見ネグローニに似ていますが、これは特別のレシピのもので、名前はまだありません。先ほどのと合わせて桜色のカクテルになります。それからがお楽しみで……」

口をつけてみると、これまた不思議な味がした。血の塩気を抜いて甘くしたような……。

「酩酊した魂は湿っている」とヘラクレイトスが言ったとか言わないとか、面倒な話をしかけられて答えたりしているうちに、二種類のカクテルの不思議な相乗効果があらわれてきたらしい。慧君は、意識は明晰なままで、つまり麻痺とも眠気とも無縁の状態で陶酔を覚えはじめたのである。これから酔郷へ出かけるのだとわかった。そしてその時はもう間違いなく雪の中に出ていた。酔いのせいか、雪の冷たさを感じない。やはりこの世の雪ではないようだ、と思いながら慧君は進んでいった。

顔に当たる雪がいつのまにか花に変わったように思われた。天上から舞い落ちてくる桜の花びらである。誰かの歌が頭に浮かんだ。

「面影に花の姿を先だてて幾重越え来ぬ嶺の白雲」という気持で、慧君は吉野あたりの山の花の雲とも見えるものを目当てに、いくつかの峰を越えて道を急いだ。

山の向こうに花の里が開けていた。いたるところで花見の宴のにぎやかな気配が感じられるのに、人の姿も犬や鶏の姿も見えない。それでもここは桃源郷のようなところだろうと慧君は判断した。

ようやくお寺の山門や鐘楼の先の方丈風の家に着くと、花びらを重ねたような衣裳に身を包んだ姫君らしい女性が慧君を待っていた。相手が口に出してそう言ったわけではないが、たしかにその様子だったのである。慧君は当然のことのようにその女性を抱き、唇を合わせた。すると今までにない哀しみが全身に伝わってきた。

夢の中でもものを考えることがあるのと同じで、酔郷に遊ぶ意識にも分析的な働きは残っているのかと、慧君は自分でも不思議だったが、その哀しみの色は水色でも墨の色でもなくて、明らかに優艶な桜の花の色である。

名前を訊いたが言葉では答えがないので、慧君は「あなたは式《しょく》子《し》内親王《ないしんのう》」と、自分の好きな歌の多い女性の名前を口にした。すると、「夢のうちも移ろふ花に風吹けばしづ心なき春のうたたね」と、女の睫《まつげ》と唇とが動いたかとも見えぬ間にこの歌が慧君の頭に届いた。相手が慧君の気持に合わせて式子内親王になってくれたのかもしれない。

花の衣にくるまれて、哀しみが肉となり女の姿になったかのような相手と抱き合ったまま、慧君は何日ともわからない時を過ごした。いや、そういうのは正確ではない。ここでは時間というものはなかったし、だから時の経つのを忘れて、というのも正確ではなかった。

外では春雨が降りつづいているようだった。「花は散りその色となくながむればむなしき空に春雨ぞ降る」という歌が慧君の頭に直接届いた。なるほど、あの人にちがいない、と慧君は思ったが、しかし「玉の緒よ絶えなば絶えね……」というあの歌は聞きたくない。

気がつくと、花のような（と最初は思った）顔はむしろ玉にも似て白々と冴えて、黒々と泳ぐ大きな瞳だけが妖しく燃えている。慧君はさすがに恐ろしくなった。案の定、生きた顔の下に続く体はすでに骨になっていた。抱き寄せた手の下で骨はかさかさとはかなく崩れた。慧君は冷静にも、どこかの細い骨を一本抜き取って持って帰ることにした。

急に頭がはっきりしたかと思うと、慧君はもとの止まり木にいて、目の前にはずっと自分の仕事を続けていた様子の九鬼さんがいる。慧君の方から「ただいま」と言うと、相手は軽くうなずいて「お帰りなさい」と言った。

「これはお土産です。ただしぼく用のね」

そう言ってハンカチに包んだ細い骨を出してみせた。それははかないつららのようなものに変わっていた。九鬼さんは、手を出してそれを受け取ると、

「悪戯はいけませんね」と言って、その細い骨を、無造作に口に入れた。慧君はあっと思ったが間に合わない。本物のつららを噛み砕くような軽い音をたてて、酔郷からの土産は九鬼さんの咽の奥に消えてしまった。

倉橋由美子（くらはし・ゆみこ）一九三五〜二〇〇五　作家

ゆうすず

松浦寿輝

上野広小路の裏道のすし屋を出て、人通りの多い春日通りの舗道を湯島天神の方に向かって歩き出したときにはもうあたりに夕闇が広がり、行き交う自動車のライトも点きはじめていた。男はかなり酔っていた。一歩一歩足を踏みしめるようにして辛うじて真っ直ぐに歩を運び、ああこうしてだんだん暗い方に引き寄せられていくな、俺はひっそり沈んでいくんだなとふと思う。いきなり夏が戻ってきたような蒸し暑い一日で、陽が落ちてもまだ息苦しい水蒸気のようなものがあたりに立ちこめている。男は自分の酔いと混ざり合ったようなその濁った空気に身を浸し、それをかき分けかき分けしてゆっくり泳いでいるように感じていた。

日本でも外国でも、ずいぶんいろんな町でこんなふうに夕闇の中を歩いてきたなと、吐息をつくようにして男は考えた。人の姿が影法師のように見えはじめる時刻の影の多い街路を気の向くまま、こちらに折れあちらに折れしながらうっそりと歩いてゆく。そんなときにはいつでも酔っていたように思い出されるのは、これは記憶の詐術で、ただそんな気がするだけのことなのだろうか。

もう十何年前のことになるか、クアラルンプールからかなり離れたマレーシアの田舎の町のバーに昼間からしけこんでしたたか酔い、ふらつく足取りで淋しい街路に出てきたときの心細さが不意によみがえってくる。妙にだだっ広くてひとけのない道路に優しい薄闇が下りてきていて、泊まっているホテルがどちらの方角だったかもうまったくわからなくなっていた。あれはイポーだったかバトゥ・パハだったか、もうよく覚えていないが、スズ鉱山の採掘でいっときかなり繁栄して、広い道路を通しけっこう高級なホテルも建て、ところがその後産業が徐々に寂れて賑わいがだんだん失われていった、そんな町に特有のうつろな感じが町中のいたるところに漂っていたものだ。

マレー半島の真夏はクーラーのきいた屋内から外に出ると何分もしないうちにポロシャツの胸に大きな汗の染みが広がってくるような暑さなのに、同時に何か言いようのない淋しさがそくそくと迫って、背筋にうっすら鳥肌が立つような感じだったなと男は思い出す。あんな不思議な空虚感を俺は世界中のほかのどんな町でも味わったことがない。そこはかとなく明るい気分のままゆるやかに没落してゆくような、そんな淋しさを持て余しながらやみくもに歩き回っているうちに、賑やかなデパートだのマクドナルドだのが集まっている一角にふっと出て、ようやく人心地がついたのだった。

そんな記憶をぼんやりまさぐりながら男は雑踏の中を歩いていった。ふと気づくと、すぐ前を歩いている女の黒いハイヒールの上に覗いている足首が、夕闇の中に思いがけずなまなましい白さで浮かび上がっていた。かすかな息苦しさで咽喉もとが締めつけられるのを感じて、その白い足首に瞳を凝らしながら、男はついつい間抜けな犬のようになって女の歩の運びの後を追っていた。さっきのすし屋でたまたま隣り合わせて何となく口をきくことになった客の言葉が耳元によみがえってくる。天気だの何だのありきたりの世間話を交わした後、その客はいきなり馴れ馴れしい口調になって、

「何だかこのごろ、いい女がいなくなったねえ」と半ばひとりごとのように呟いたのだった。

「そうかね」と男が気のない調子で受けると、

「計算高いのばっかりで」と溜息混じりに言いつのって盃を空ける。

「ははあ。ひたすらあんたに尽くしてくれる心優しい大和なでしこですかね、いい女っていうのは。そんなものはもういないよね、たしかにね」

「いや、必ずしもそういうことじゃない。そうじゃなくてね、まあ多少の計算くらいあってもいいよ。計算もできないのはただの馬鹿だろ。それより、たとえばね、ひかがみのきれいな女とかさ」その客もかなり酔いが回っていて、思いつくままとりとめのないことを喋っているようだった。

「ひかがみねえ。膝の裏のくぼみのこと」

「そう」

「通人みたいなことをおっしゃる。何だかいやらしいねえ」

「いやいや、ほんと、女はひかがみよ。まるでえくぼが浮かんでいるような、テンダーで上品で淫蕩なひかがみ……。そういう女を昔、俺は知ってたんだがなあ」その客も男と同じ四十を少々過ぎたくらいという年格好で、いかにも残念そうにそんなことを言って大袈裟に溜息をついてみせるのがどこまで本気なのかよくわからない。ポーズにすぎないのかもしれないが、色事に倦み疲れた表情のよく似合う厭味のない中年男ではあった。

「で、どうしたんです、その女性とは」

隣の客はその問いに直接には答えずに、

「ひかがみを見れば、いや見ればじゃないな、そこに唇を押し当ててみれば、俺は女の性根がわかる。邪悪な女のひかがみ、善良な女のひかがみ……」と語尾がゴニョゴニョと曖昧に消えて、その話はそれきりになった。

視線を落としてすっすっと前に進んでゆく女の足首を追いながら、結局俺は単にからかわれていただけなんだろうと男は思った。それでもまるで暗示にかかったように、外に出たとたんにこうして通りすがりの女の脚に目を凝らし、スカートが何かの拍子でまくれて膝の裏のくぼみが見えないものかなどとぼんやり考えている俺は、何とも間抜けな奴ではないか。

そのうちに女は飲み屋のネオンの並ぶ横丁にいきなり曲がっていってしまい、さすがにその後についていく気にはなれずに男はそのまま行き過ぎた。女のひかがみの美醜に執着して、その挙げ句に人生を棒に振るというような贅沢はもう俺には赦されないなと思うと、淋しさがいよいよつのってくるようだった。

あれはどういうはずみだったか、昔、何とかいうアメリカの詩人の詩集を本屋の棚から手にとってぱらぱらと眺めていたときにたまたま行き当たり、目を開かれるような気がした言葉がある。ある詩のいちばん最後の三行だった。

だがわたしにはまだ、果たすべき約束があり、
眠る前に、何マイルもの道のりがある。
眠る前に、何マイルもの道のりがある。

あれは仕事でも家庭でもトラブルが続いて男がすっかり疲れきっていた時期のことだった。そんなふうに疲労が溜まっていたからこそ、それまでの人生でまったく無縁だった詩などというものをちょいと覗いてみようという気まぐれが起きたのかもしれない。

白い足首を見せていた女が消えて不意にぽかっとうつろになった眼前の空間に目を据えているうちに、今またその詩行が思い出された。俺のための寝床、何もかも忘れてぐっすり眠りこけることのできる寝床はいったいどこにあるのか。まだ眠れないな、

と酔いに霞んだ頭で男は考えた。まだまだ眠れない。「果たすべき約束」があるからだ。だれと、何を、約束したのか、それはまったくわからない。わからないけれど、約束はたしかにあるのだ。斜め左の方角へゆるやかに上がってゆく湯島の坂が近づいていて、その光景が何だか胸に重くもたれかかってくるようだった。

つい先ほどまで人々がひしめき合う雑踏をかき分けながら歩いていたはずなのに、いつの間にそんなことになったのか、男のまわりにはだれもいなくなっていて、車の行き交いも絶え、ふとこの世の時間の外にはみ出してしまったような静寂が広がった。と、薄い刃物の横腹が首筋を撫でて過ぎてゆくようなひんやりした感触があり、男はぞくりとして首をすくめた。腋の下から背中にかけて鳥肌が立つ。また来たなと思い、上着の襟に手をやってぎゅっと引っ張ってみた。ときどきそんなひんやりとしたものが訪れて、男を眠りに誘うのだった。あちら側の世界からときどきふと漂ってくる昏いものたちの、てのひらの感触なのだろうと男は思っていた。待ってくれ、もう少し待ってくれよなと男はいつものように心の中で呟いた。

酔いが少しさめている。夜の闇がようやく空気を冷やしはじめていて、顔に当たるそよ風に秋の気配が感じられるのは気のせいばかりでもないようだ。

ゆうすず。そんなみやびな平仮名の言葉を男は思い出した。夕涼みのことか。夕べの涼しさのことか。いや、それはむしろ、夜になっても滞りつづける暑気の間を縫うようにひとすじ流れてきて、人の首筋をさわさわと撫でては消えてゆく、こんなふうなひんやりしたものたちのことなのではないだろうか。「眠る前に、何マイルもの道のりがある」とそっと呟いてみる。と、聞こえるか聞こえないかというほどの残響がルフランになって心の中に谺した。男は立ち止まり、自分の首筋をそっと撫でてみた。それから気を取り直してまた歩き出し、どこかで飲み直そうと思いながら本郷三丁目に向かう坂を登っていった。

＊本文中の引用はロバート・フロストの詩「雪の夜、森のそばに足をとめて」より

松浦寿輝（まつうら・ひさき）　一九五四〜　詩人・作家

「ビヤホール」雑感

銀座七丁目にあるビヤホールライオンは、戦前の貴重な建築である。たまたま訪れた私は、その立派さに驚いた。高い天井と、アール・デコ風でまとめられたデザインは見事で、私はすぐにこの広い空間の空気を表現してみたいと思い、食事をしたり、ビールを飲みながら何枚もスケッチをした。銀座で唯一残してほしい文化財である。

山高登（『東京昭和百景』より）

初出・底本一覧　＊は初出を底本とした。

虚無の歌（萩原朔太郎）
『四季』一九三六年五月号／『萩原朔太郎全集』第二巻、筑摩書房、一九七六年

はせ川（井伏鱒二）
『文芸』一九三五年三月号／『井伏鱒二全集』第五巻、筑摩書房、一九九七年

中原中也の酒（大岡昇平）
『酒』一九六一年三月／『大岡昇平全集』第十八巻、筑摩書房、一九九五年

青春時代（森敦）
「読売新聞」一九八一年十一月二十七日～十二月三日夕刊／『森敦全集』第八巻、福武書店、一九九四年

酒の追憶（太宰治）
『地上』一九四八年一月／『太宰治全集』第九巻、ちくま文庫、一九八九年

酒のあとさき（坂口安吾）
『光』一九四七年四月号／『坂口安吾全集』第十五巻、ちくま文庫、一九九一年

池袋の店（山之口貘）

「報知新聞」一九五三年四月二日／『山之口貘全集』第三巻、思潮社、一九七六年

音問（檀一雄）

『文芸』一九六五年九月号／『檀一雄全集』第八巻、新潮社、一九七八年

詩人のいた店（久世光彦）＊

『サントリークォータリー』一九九七年五月

後家横町／酒のこと（小沼丹）

『群像』一九七五年十一月号・『新潮45＋』一九八三年六月号／『小沼丹全集』第四巻、未知谷、二〇〇四年

タンタルス（内田百閒）

『東炎』一九四〇年十月・四二年十一月・四三年一月／『タンタルス』福武文庫、一九九一年

藪二店（池波正太郎）

『太陽』一九七六年六月号／『散歩のとき何か食べたくなって』平凡社、一九七七年

私と浅草／札幌の夜（吉村昭）

『現代』一九七八年十一月号・『食食食』一九八三年七月／『味を訪ねて』河出書房新社、二〇一〇年

鯨の舌（開高健）

『サントリーグルメ』一九七四年三月／『開高健全集』第十五巻、新潮社、一九九三年

「ままや」繁昌記（向田邦子）
『ミセス』一九七八年十一月号／『向田邦子全集〈新版〉』第十巻、文藝春秋、二〇一〇年

ほろ酔いの背に響く潮騒（安西水丸）＊
『サントリークォータリー』一九九五年四月

新宿飲んだくれ／焼酎育ち（田中小実昌）
初出未詳／『また一日』文化出版局、一九八〇年・『オトコの気持ち』日本経済新聞社、一九八六年

「ぼるが」に集う人人（石川桂郎）
初出未詳／『残照』角川書店、一九七六年

昼間の酒宴／ある酒場の終焉（寺田博）
「吉田健一著作集」月報、集英社、一九七八年十二月・『新潮45＋』一九八四年五月号／『昼間の酒宴』小沢書店、一九九七年

酒一筋に魅せられて……／酒を飲むたびに喧嘩し、……（中上健次）
『週刊現代』一九七六年二月十九日号・『オール讀物』一九七八年五月号／『中上健次全集』第十四巻、集英社、一九九六年

バーの扉を開けるとき（島田雅彦）＊
『サントリークォータリー』一九九九年十二月

てんかいそうろう（戌井昭人）＊
『群像』二〇〇九年十月号

海坊主（吉田健一）
「西日本新聞」一九五六年六月二十三日、二十四日夕刊／『吉田健一集成』第五巻、新潮社、一九九四年

幻想酒場〈ルパン・ペルデュ〉（野坂昭如）
『オール讀物』一九八八年九月号／『20世紀断層』第五巻、幻戯書房、二〇一〇年

花の雪散る里（倉橋由美子）
『サントリークォータリー』一九九六年四月／『完本酔郷譚』河出文庫、二〇一二年

ゆうすず（松浦寿輝）
「東京新聞」二〇〇〇年十月二十八日／『そこでゆっくりと死んでいきたい気持をそそる場所』新潮社、二〇〇四年

カバー図版　『東京昭和百景　山高登木版画集』シーズ・プランニング、二〇一四年

編集付記

一、本書は酒場を舞台にした作品を中心に酒にまつわるエッセイ、短篇小説を独自に選んで編集したものである。中公文庫オリジナル。

一、巻頭の詩篇を除いて、仮名遣いは新仮名遣いに統一した。底本中、明らかな誤記・誤植と考えられる箇所は訂正し、難読と思われる語には新たにルビを付した。

一、本文中、今日の人権意識に照らして不適切な語句や表現が見受けられるが、故人の作品であること、発表当時の時代背景と作品の文化的価値に鑑みて、底本のままとした。

中公文庫

午《ご》後《ご》三《さん》時《じ》にビールを
——酒《さか》場《ば》作品集《さくひんしゅう》

2023年6月25日　初版発行
2024年7月30日　3刷発行

編　者　中央公論新社《ちゅうおうこうろんしんしゃ》

発行者　安部順一

発行所　中央公論新社
〒100-8152　東京都千代田区大手町1-7-1
電話　販売　03-5299-1730　編集　03-5299-1890
URL https://www.chuko.co.jp/

ＤＴＰ　嵐下英治
印　刷　大日本印刷
製　本　大日本印刷

Published by CHUOKORON-SHINSHA, INC.
Printed in Japan　ISBN978-4-12-207380-7 C1195

中公文庫既刊より

各書目の下段の数字はＩＳＢＮコードです。978－4－12が省略してあります。

ち-8-8
事件の予兆 文芸ミステリ短篇集　中央公論新社 編
大岡昇平、小沼丹から野坂昭如、田中小実昌まで。非ミステリ作家による知られざる上質なミステリ十編を一冊にした異色のアンソロジー。〈解説〉堀江敏幸
206923-7

ち-8-11
開化の殺人 大正文豪ミステリ事始　中央公論新社 編
佐藤、芥川、里見に久米。乱歩が耽読した幻のミステリ特集が、一〇四年の時を超えて甦る！「犯罪と怪奇への情熱」に彩られた全九篇。〈解説〉北村　薫
207191-9

ち-8-12
給仕の室《へや》 日本近代プレＢＬ短篇選　中央公論新社 編
日本近代文学において「男性間の愛と絆」はどのように描かれてきたのか。国木田独歩から山本周五郎まで十五篇を精選。文庫オリジナル。〈解説〉佐伯順子
207247-3

よ-17-9
酒中日記　吉行淳之介 編
吉行淳之介、北杜夫、開高健、安岡章太郎、瀬戸内晴美、遠藤周作、阿川弘之、結城昌治、近藤啓太郎、生島治郎、水上勉他――作家の酒席をのぞき見る。
204507-1

よ-17-10
また酒中日記　吉行淳之介 編
銀座や赤坂、六本木で飲む仲間との語らい酒、先輩たちと飲む昔を懐かしむ酒――文人たちの酒にまつわる出来事や思いを綴った酒気漂う珠玉のエッセイ集。
204600-9

う-30-1
「酒」と作家たち　浦西和彦 編
『酒』誌に掲載された川端康成ら作家との酒縁を綴った三十八本の名エッセイを収録。酌み交わし、飲み明かした昭和の作家たちの素顔。〈解説〉浦西和彦
205645-9

な-52-4
文豪と酒 酒をめぐる珠玉の作品集　長山靖生 編
漱石、鷗外、荷風、安吾、太宰、谷崎ら16人の作家と白秋、中也、朔太郎ら9人の詩人の作品を厳選。酒に託された憧憬や哀愁がときめく魅惑のアンソロジー。
206575-8

は-28-2
二魂一体の友
萩原朔太郎
室生犀星
北原白秋主宰の雑誌投稿で出会い、生涯の親友にして好敵手となった二人。交流を描いたエッセイ、互いの詩集に寄せた序文等を集成する。文庫オリジナル。
207099-8

い-38-3
珍品堂主人　増補新版
井伏鱒二
風変わりな品物を掘り出す骨董屋・珍品堂を中心に善意と奸計が織りなす人間模様を鮮やかに描く。関連エッセイを増補した決定版。〈巻末エッセイ〉白洲正子
206524-6

い-38-5
七つの街道
井伏鱒二
篠山街道、久慈街道……。古き時代の面影を残す街道を歩いて、史実や文献を辿りつつ、その今昔を風趣豊かに描いた紀行文集。〈巻末エッセイ〉三浦哲郎
206648-9

い-38-4
太宰治
井伏鱒二
師として友として太宰治と親しくつきあった井伏鱒二。二十年ちかくにわたる交遊の思い出や作品解説など太宰に関する文章を精選集成。〈あとがき〉小沼　丹
206607-6

お-2-17
小林秀雄
大岡昇平
親交五十五年、評論から追悼文まで「人生の教師」であった批評家の詩と真実を綴った全文集。巻末に小林との対談収録。文庫オリジナル。〈解説〉山城むつみ
206656-4

お-2-18
成城だより　付・作家の日記
大岡昇平
文学、映画、漫画……闊達に綴った日記文学。一九七九年十一月から八〇年十月まで。「作家の日記」を併録。全三巻。〈巻末付録〉小林信彦・三島由紀夫
206765-3

お-2-19
成城だよりⅡ
大岡昇平
六十五年を読書にすごせし、わが一生、本の終焉と共に終らんとす――。大いに読み、書く日々。一九八二年一月から十二月まで。〈巻末エッセイ〉保坂和志
206777-6

お-2-20
成城だよりⅢ
大岡昇平
とにかくひどい戦後四十年目だった――。防衛費一％枠撤廃、靖国参拝……戦後派作家の慷慨。一九八五年一月から十二月まで。全巻完結。〈解説〉金井美恵子
206788-2

各書目の下段の数字はISBNコードです。978－4－12が省略してあります。

さ-77-1
勝負師 将棋・囲碁作品集 坂口安吾
木村義雄、升田幸三、大山康晴、呉清源……、盤上の戦いに賭けた男たちを活写する。小説、観戦記、エッセイ、座談を初集成。〈巻末エッセイ〉沢木耕太郎
206574-1

た-34-5
檀流クッキング 檀一雄
この地上で、私は買い出しほど好きな仕事はない――という著者は、人も知る文壇随一の名コック。世界中の材料を豪快に生かした傑作92種を紹介する。
204094-6

た-34-6
美味放浪記 檀一雄
著者は美味を求めて放浪し、その土地の人々の知恵と努力を食べる。私達の食生活がいかにひ弱でマンネリ化しているかを痛感せずにはおかぬ剛毅な書。
204356-5

う-37-2
ボロ家の春秋 梅崎春生
直木賞受賞の表題作と「黒い花」をはじめ候補作全四篇に、小説をめぐる随筆を併録した文庫オリジナル作品集。〈巻末エッセイ〉野呂邦暢〈解説〉荻原魚雷
207075-2

う-37-1
怠惰の美徳 梅崎春生 荻原魚雷 編
戦後派を代表する作家が、怠け者のまま如何に生きてきたかを綴った随筆と短篇小説を収録。真面目で変でおもしろい、ユーモア溢れる文庫オリジナル作品集。
206540-6

く-11-7
蕭々館日録 新装版 久世光彦
蕭々館で夜ごと繰り広げられる幸福な時間。芥川龍之介、菊池寛、小島政二郎、三人の作家をモデルに綴る傑作長篇。泉鏡花賞受賞作。〈解説〉久世朋子
207188-9

お-99-1
小沼丹推理短篇集 古い画《え》の家 小沼丹
「私小説の名手」が作家活動の初期に書き続けた、スリルとユーモアとペーソス溢れる物語の数々。巻末に全集未収録作品二篇所収。〈解説〉三上 延
207269-5

う-9-4
御馳走帖 内田百閒《ひゃっけん》
朝はミルク、昼はもり蕎麦、夜は山海の珍味に舌鼓をうつ百閒先生の、窮乏時代から知友との会食まで食味の楽しみを綴った名随筆。〈解説〉平山三郎
202693-3

各書目の下段の数字はISBNコードです。978－4－12が省略してあります。

た-24-5
ふらふら日記　田中小実昌
自身のルーツである教会を探すも中々たどり着けなくて――。目の前に来た列車に飛び乗り、海外でもバスでふらふら。気ままな旅はつづく。〈解説〉末井　昭
207190-2

い-126-1
俳人風狂列伝　石川桂郎
種田山頭火、尾崎放哉、高橋鏡太郎、西東三鬼……。破滅型、漂泊型の十一名の俳人たちの強烈な個性と凄まじい生きざまと文学を描く。読売文学賞受賞作。
206478-2

な-29-2
路上のジャズ　中上健次
一九六〇年代、新宿、ジャズ喫茶。エッセイを中心に詩、短篇小説までを全一冊にしたジャズと青春の日々をめぐる作品集。小野好恵によるインタビュー併録。
206270-2

よ-5-8
汽車旅の酒　吉田健一
旅をこよなく愛する文士が美酒と美食を求めて、金沢へ、そして各地へ。ユーモアに満ち、ダンディズムが光る汽車旅エッセイを初集成。〈解説〉長谷川郁夫
206080-7

よ-5-11
酒談義　吉田健一
少しばかり飲むというの程つまらないことはない――。飲み方から各種酒の味、思い出の酒場まで、ユーモラスに綴る究極の酒エッセイ集。文庫オリジナル。
206397-6

よ-5-10
舌鼓ところどころ／私の食物誌　吉田健一
グルマン吉田健一の名を広く知らしめた「舌鼓ところどころ」、全国各地の旨いものを紹介する「私の食物誌」。著者の二大食味随筆を一冊にした待望の決定版。
206409-6

よ-5-13
酒宴／残光　吉田健一短篇小説集成　吉田健一
翻訳、批評から小説へと自在に往還し独自の文学世界を築いた文士・吉田健一。その初期短篇小説集『酒宴』『残光』の全一七篇を収録。〈解説〉富士川義之
207194-0

よ-5-9
わが人生処方　吉田健一
独特の人生観を綴った洒脱な文章から名篇「余生の文学」まで。大人の風格漂う人生と読書をめぐる随想集。吉田暁子・松浦寿輝対談を併録。文庫オリジナル。
206421-8